それを世界と言うんだね

空を落ちて、君と出会う

綾崎 隼

花譜（歌）　カンザキイオリ（曲）

ポプラ社

それを世界と言うんだね

空を落ちて、君と出会う

目次

第一部 ◆ 私の物語

1

薔薇《ばら》の匂いに誘われて。

目覚めた時、最初に飛び込んできたのは、落ちてしまいそうな青空だった。

随分と深い眠りに落ちていた気がする。

手に触れる冷たい感触は、土のそれだろうか。

上半身を起こして辺りを見回し、花畑の中で眠っていたのだと気付いた。

視界の先に白い小城が建っている。振り返ると、遠く、太陽の方角にも、山のようにそびえる巨大な黒い城が見えた。

ここは何処《どこ》だろう。私はどうして屋外で眠っていたんだろう。

いや、違う。今、思い出さなければいけないのは、そんなことじゃない。

土のついた手の平を見つめる。幼児のそれではないけれど、皺の刻まれた大人のそれでもない。子どもの手だ。

私は誰？　名前も、年齢も、思い出せない。

分かるのは、自分が女で、黒い靴を履いた子どもだということだけだ。

手がかりを求めて立ち上がってみたものの、一面に咲く薔薇にも見覚えはなかった。

どうしよう。近くに建っている白い小城を目指すべきだろうか。それとも、遠くに見える巨大な黒い城に向かった方が良いだろうか。あれだけ大きな城である。城下町があるだろうし、私のことを知っている人に会えるかもしれない。

白い小城に背を向け、巨大な城に向かって歩き出したその時、軽快な声が背後から届いた。

「やあ。こんにちは」

風に揺れる薔薇の向こうから、背の高い男の子が手を振っている。

あの少年は誰だろう。瀟洒《しょうしゃ》な服を身に纏《まと》う彼は、印象的な顔立ちをしており、癖のない髪の下に、水色の瞳を覗かせていた。ただ、やはり彼の顔にも見覚えはない。

「すみません。おかしなことを聞きますけど、あなたは私のことを知っていますか？」

「そうだね。少なくとも君よりは、君のことを知っているんじゃないかな」

どういう意味だろう。

「君は自分の名前も、年齢も、ここで倒れていた理由も、分からないだろう？」

素直に頷《うなず》く。

「はい。記憶喪失になったみたいなんです。教えて下さい。私は誰なんですか？　ここは何処で、どうして、こんなところで眠っていたんでしょう」

「僕も君の名前は知らないんだ。でも、ここが何処かは説明出来る」

そう言って、少年は白い小城を指差した。

「ここは時空の狭間で、あの白い城は、僕らが働く【物語管理局】だよ」

「時空の狭間？」

「そう。ここは物語の中で不幸になった者だけが、最後に辿り着く場所なんだ。自分が誰なのか思い出せないのは、君だけじゃない。ここに召喚《しょうかん》された者は、皆、自分の物語を忘れてしまっている。でも心配はいらないよ。君の名前は、城主の『親指姫《おやゆびひめ》』が教えてくれるからね」

「奇妙な名前の方が城主を務めているんですね」

「その名の通り、彼女は親指ほどの大きさしかないんだ。だけど、誰よりも物知りで優しい人だ。僕ら【物語管理官】の母親みたいな人さ」

　また知らない言葉が出てきた。

「では、早速、親指姫に名前を聞きに行こう。付いてきてくれ」

「あの、その前に、あなたの名前を教えてくれませんか？」

「これは失敬。僕は皆に『王子』と呼ばれている。君もそう呼んでくれたら良い」

　この世には無数の物語が存在している。一言で王子と言っても沢山いるはずだ。一体どんな物語かも分からないけれど、王子というのは彼にぴったりな名前だと思った。

　ここは物語の中で不幸になった者だけが辿り着く場所だという。つまり、私もまた、悲劇の物語の登場人物だったということになる。

　私はどんな物語を生きて、どんな悲しい結末を迎えたんだろう。

綺麗に整備された庭園を抜け、白いお城の前に到着した。

ほとんど山にも見える黒い城と比べてしまったせいで小さく感じていたけれど、なかなかどうして、こちらも立派なお城だった。ゴシック様式の絢爛《けんらん》な作りは、城というより宮殿や王宮と言われた方がしっくりとくる。豪奢な扉を開けて城内に入ると、目映《まばゆ》いばかりの陽光が差し込むホールに、沢山の人の姿があった。

「王子。おはようございます！」

私たちを発見して、小さな子どもが駆け寄ってきた。

「王子。今日は可愛らしいお嬢さんを、お連れですね！」

「ご機嫌よう！　王子！」

歩いているだけで次々と挨拶の言葉をかけられる。どうやら王子は、城の住民たち皆に愛されているようだ。

城内の幻想的な雰囲気にも圧倒されたが、何よりも驚かされたのは、住人の多様さだった。年齢や性別はもちろん、人種、生物としての種族までバラバラなのである。王子は制服にも見える衣装を着ているけれど、人々が身につけている服は、それぞれに個性的だった。

皆が異なる物語の登場人物だから、国籍も文化も違うのかもしれない。

「親指姫の部屋は、最上階【天空の間】にある。少し歩くよ」

玄関ホールから続く広間を抜けると、王子は吹き抜けの螺旋《らせん》階段を上り始めた。天井が高過ぎて、階段が何階まで続いているか分からない。

そう言えば、私はどんな顔をしているんだろう。

分かるのは、子どもであること、肩の下まで伸びたブロンドの髪をしていること、真っ白な肌をしていることだけである。

「あ、王子！　待って下さい！」

それが視界に入り、思わず前を歩く王子の手首をつかんでしまった。

あの生き物は何だ？　角が生えた恐ろしい容貌の怪物が三人、いや、三匹？　階段の上層階を闊歩している。

「心配いらないよ。彼らはオウガの子どもたちだ」

「オウガ？」

耳慣れない言葉だった。

「オウガというのは北欧の神話に登場する巨人の怪物さ。シャルル・ペローという作家が『長靴《ながぐつ》をはいた猫《ねこ》』で最初に命名したんだけどね。それから様々な物語に登場することになった。あの三人は『ジャックと豆《まめ》の木《き》』に登場するオウガの子どもたちだよ」

「ジャックと豆の木？」

「そうか。君は『ジャックと豆の木』を知らないんだね。丁度、そこの通路を右に抜けると、図書館があるんだ。少し寄り道しようか。自分の名前を知る前に、この世界について理解を深めた方が良いかもしれない」

螺旋階段から横に延びた通路を進んでいくと、広間の先に銀色の扉が現れた。

そして、重たそうな扉の先に、息をのむような光景が待っていた。

天井まで壁一面が書架になっており、窓もないのに光の粒子が乱反射している。見渡す限り、三百六十度、数え切れないほどの本が、書架に収められていた。

「物語管理局が誇る【幻想図書館】へ、ようこそ」

橙色《だいだい》の光に満ちた室内は、扉を開ける前には想像も出来なかったほど広い。天井まで何十メートルの高さがあるんだろう。

「この図書館には、古今東西のあらゆる物語が収蔵されている。この城を建設した『雪《ゆき》の女王《じょおう》』によれば、未来で書かれる本まで収められているらしい」

「未来の本ですか？　不思議な話ですね」

「僕らも理屈を知りたいんだけど、女王が教えてくれないんだ。やあ、アヒル君！」

入口近くにいたエプロン姿の鳥に、王子が声をかけた。

「王子、こんにちは」

鳥が喋《しゃべ》った！

「彼女に『ジャックと豆の木』を読ませてあげたいんだ。探してもらえるかな」

「かしこまりました。少々、お待ち下さい」

「彼は司書なんだ」

「鳥が司書をやっているんですか？　というか、話せるんですね」

「もちろん。物語の中で喋っていたのに、ここに招かれた途端、話せなくなったらおかしいだろう？」

「確かに。それは、そんな気がします」

五分もせずに、エプロン姿のアヒルが、一冊の本を羽に挟んで持ってきた。

ハードカバーの表紙に、雲の上まで伸びる巨大な木が描かれている。

「『ジャックと豆の木』は世界中で知られている童話の一つで、僕らの仕事を説明する上でも良い教材になる。さあ、読んでみて」

王子に促され、本を開く。紙とインクの匂いが香り、最初の一文に目を落とすより早く、私は本の匂いが好きだなと思った。


ある日、主人公のジャックは、母親の使いで牛を市場に売りにいく。しかし、道中で出会った老人に、牛と不思議な豆との交換を持ちかけられ、応じてしまう。

怒った母はそれを捨てるが、豆は一晩で成長し、天まで伸びていく。

ジャックが豆の木を登ると、雲の上には巨人が暮らす城があった。そこで巨人の妻と出会い、彼女の夫と子どもたちがオウガであること、見つかったら食べられてしまうことを告げられる。

妻の機転で命を救われたジャックだったが、オウガが眠ったのを確認してから、金貨を盗み、金の卵を産む鶏を奪う。味をしめたジャックは特製のハープまで盗むのだが、そこで見つかってしまい、オウガに追いかけられる。

ジャックは急いで地上に戻り、豆の木を斧で切り倒すと、追って来たオウガは落下して死んでしまう。

それから、盗品で裕福になったジャックは、母と共に幸せに暮らしたのだった。

「君はこの物語を読んで、どう思った?」

本を閉じると、穏やかな微笑を浮かべて、王子が尋ねてきた。

「ジャックはオウガに敵わないから、逃げたわけですよね。それなのに豆の木を切り倒せたのが不思議です。そんな怪力があるなら、戦っても勝てたんじゃないかなって」

素直な感想を告げると、王子はポカンと口を開け、それから、ふき出した。

「なるほど。そんなことを考えるのか。君は面白いね」

「螺旋階段で彼らを見た時、私は恐怖で震え上がりました。でも、この物語を読んで、そんなことを思った自分が恥ずかしくなりました。だって、オウガは何も悪いことをしていないじゃないですか。盗まれたものを取り返そうとしただけなのに、殺されて。こんな結末、悲しいです」

「『ジャックと豆の木』はイギリスで伝承されてきた物語で、作者の名前は分かっていないんだ。本によって筋立ても異なっている。巨人の宝はもともとジャックの死んだ父親の物だったと書いている本もあるし、雲の上からやって来たオウガに父親が喰われてしまったと説明している本もある。その場合、君の印象も変わってくるだろう？」

「ジャックは盗んだわけではなく、家にあった財宝を取り返した。殺されてしまった父親の復讐を果たした。そう読めるかもしれません」

「今となっては正解も分からないけどね。ただ、少なくとも人間にとって、オウガが恐ろしい生き物だったことは間違いない。だから、ジャックは豆の木を切り倒し、オウガを退治した。でも、考えて欲しい。雲の上で暮らしていたオウガの子どもたちは、それを見て、どう思っただろうか？」

「あ……」

「地上の世界を知らない子どもたちは、突然やって来た泥棒に、父親を殺されたんだ。オウガを退治したジャックは、盗んだ財宝で大金持ちになっている。恐ろしいオウガを倒したことで、皆に祝福されたし、その財宝で家族は幸せになっただろう。だけど、オウガの子どもたちにとっては、ジャックこそが悪魔だ。彼らは父親を殺され、財宝を奪われて、涙で物語を終えている」

「だから彼らはここに召喚されたんですね」

「その通り。物語管理官の仕事は、登場人物を全員、幸せにすることだ。ただ、物事には時とタイミングがある。いつでも、誰でも、救えるわけじゃない。だからオウガの子どもたちは、その時をここで待っている。城で衛兵として働きながらね」

私は物語が好きだった。今はまだ何も思い出せないけれど、大好きだったことは覚えている。

物語は人を幸せにする。ただ、作中の登場人物も同じであるとは限らない。主人公が幸福な結末を迎えても、すぐ近くに不幸になってしまった者がいる場合だってある。

誰一人見捨てずに、全員を救う。

物語管理官とは、なんて素敵な仕事なのだろう。


幻想図書館を出て、再び螺旋階段を上っていく。

階段の終着点に、金色の巨大な扉が待っていた。

「さあ、君の名前を聞きに行こう」

王子が開けてくれた扉をくぐり、天空の間に足を踏み入れる。

最上階であることを忘れてしまうような、壮大な空間が広がっていた。

左右対称に円柱が等間隔で並んでおり、その間に敷かれた大理石の向こうに、鉄の玉座があった。

「姫！　新しい客人をお連れしました！」

王子が呼びかけると、左奥の赤い緞帳《どんちょう》が開き、車椅子に乗った少女が現れた。

この無表情な少女が、親指姫だろうか。

彼女が身につけている衣装は、本来、従者や使用人が着る服に見える。黒いワンピースに白いフリルがついたエプロンなんて、姫というよりメイドのそれだ。

少女は車椅子のタイヤを自ら回して、こちらに向かってきた。

彼女がほんの三メートルの距離までやって来たところで、気付く。その膝の上に、美しいドレス姿の小さな人形が乗っていた。

少女が車椅子を止め、両手を広げてその人形をすくう。すると、差し出された手の平の上で、小さな人形が恭《うやうや》しく礼をした。

「はじめまして。物語管理局の城主、親指姫です」

何と！　この人形のように小さな子が、親指姫だったのだ。そういえば、親指くらいの背丈だと王子も言っていた。

「驚いたかい。でも、小さいからって甘く見ちゃいけないよ。姫は怒ると怖いからね」

「王子。余計なことは言わないように」

「これは失礼しました」

親指姫に窘《たしな》められ、王子が一歩下がる。

「物語管理局にようこそ。あなたを心から歓迎します」

愛《あい》らしくも凜々《りり》しい眼差しで、親指姫はそんな言葉をかけてくれた。彼女の言葉が鼓《こ》膜《まく》に届き、自分もここにいて良いのだと、ようやく確信を抱くことが出来た。

「姫は私が誰か知っているんですよね？」

「はい。それを伝えるのが、私の務めです」

気付かぬうちに、心臓の鼓動が速くなっていた。

一秒でも早く自分の正体を知りたいが、それは同時に、かつて辿った悲しい結末を知るということでもある。

「教えて下さい。私は誰なんですか？」

こちらの不安を感じ取っているのか、親指姫は一度、優しく微笑んでくれた。

「あなたの名前は『カーレン』です」

名前を聞いてもピンとこなかった。

「すみません。やっぱり、何も思い出せません」

「心配しないで下さい。皆、記憶を失った状態で、ここに辿り着きます。時間と共に、自分の物語を思い出す方もいますが、そうでない方が一般的です。カーレン、あなたが生きた物語の名前もお伝えしますね」

「はい。ぜひ、知りたいです」

それが分かれば、図書館で自分の物語を読むことが出来る。そうすれば、今度こそ何か思い出せるかもしれない。

「『赤《あか》い靴《くつ》』です。あなたは、その主人公の女の子でした」

2

再度、王子と共に、幻想図書館へと向かうことにした。

私という人間について十分に理解出来たら、次は、ここでの仕事を親指姫が決めてくれるらしい。

これだけ大きな城だ。仕事は沢山あるだろう。でも、選べるなら、王子と同じ物語管理官になってみたい。私は早くもそんなことを考え始めていた。

その資質が自分にあるかも分からないけれど、悲しい物語を幸せな物語に変えるなんて、そんな素敵な仕事、なかなかないはずだ。

「あれ、おかしいな。君の本が見つからない」

幻想図書館には古今東西のあらゆる物語が収蔵されており、例外はないという。それなのに、何故か、あるべき書架に『赤い靴』が見当たらなかった。

「誰かが借りているということでしょうか」

「それなら書架の場所を聞いた時に、アヒル君が教えてくれたはずだよ。貸し出しは記録されているからね」

「なるほど。あの、アヒル君も何かの物語の登場人物なんですよね？」

「もちろん。彼は『みにくいアヒルの子《こ》』さ」

やはりその物語も知らなかったけれど、反射的に、とても可哀想な名前だと思った。エプロン姿の彼は、みにくいなんて言葉とはほど遠い。ぽっちゃりとした体形も、印象的な灰色の毛も、むしろ可愛らしさ満点だ。とてもじゃないが、私の目には、みにくいアヒルになんて見えない。

「『赤い靴』は何処に消えたんでしょうか」

「考えられる可能性は一つだね。正式な手続きを取らずに、誰かが持ち出したんだ。何百万冊もある本の中から、君の物語が偶然、このタイミングで持ち出されたとは考えにくい。誰かが君の正体を知り、先に持ち出したと考えるのが自然だ」

「でも、それって変じゃないですか。物語管理局に召喚された人の名前が分かるのは、親指姫だけなんですよね。姫に名前を聞いて、私たちはすぐに図書館に移動しました。第三者に本を持ち出す時間があったとは思えません」

「そうだね。これは大きな謎だ。僕も時間を見つけて、『赤い靴』を捜してみるよ。もしも犯人がいるなら、動機も気になる」

「ありがとうございます。王子には何から何までお世話になってばかりです」

「人を救うことが物語管理官の使命だ。当然さ」

私は『赤い靴』の主人公だという。しかし、薔薇園で目覚めた時、履いていたのは黒い靴だった。

本のタイトルになっているくらいである。物語の中で、赤い靴は重要な役割を果たしているはずだ。

物語が終わった時に、私が黒い靴に履き替えていた理由は何だろう。

そこには、どんな物語があり、私は一体、何者なのだろう。

「天空の間に戻ろうか。姫に事情を説明して、仕事をもらおう」

「王子。お仕事って自分では選べないんでしょうか?」

「聞いたことはないね。僕が知る限り、皆、与えられた仕事をまっとうしている。君はやりたい仕事があるのかい? 『赤い靴』というくらいだから、靴職人かな?」

「いいえ。叶うなら、私も物語管理官をやってみたいです」

勇気を出して告げると、王子は笑顔で手を叩いた。

「それは素敵な話だね! やる気のある人間は、いつだって大歓迎さ! この仕事はとてもやり甲斐《がい》があるけれど、時に、とても厄介だ。仲間は幾らいても足りない。僕からも推薦しよう!」

「本当ですか。嬉しいです!」

王子の応援は心強い。すぐには無理でも、推薦してもらえれば、いつか任命してもらえるかもしれない。

天空の間に戻ると、金の扉の前で親指姫が待っていた。先程とは異なり、車椅子の無表情な侍女の肩に、ちょこんと座っている。

小さいというのは可愛いということなのかもしれない。ただ座っているだけなのに、そして、姫は城主なのに、本当に愛らしい。

「カーレン。あなたに新しい靴と衣装をプレゼントします」

車椅子の脇に、真っ赤な靴が一足、置かれていた。

「良いんですか？　こんなに素敵な靴……」

「きっと似合いますよ」

それから、姫に促され、侍女が膝の上に置いていた衣装を広げた。

「あれ、これって……」

侍女の少女が掲げた服は、王子が着ているものとよく似ていた。金のボタンが印象的なダブルブレストのジャケットだ。

「物語管理官の制服です」

「じゃあ、私の仕事は」

「はい。あなたを【物語管理官見習い】に任命します」

親指姫はもしかしたら人の心が読めるのだろうか。与えられたのは、希望通りのお仕事だった。

「物語管理官はこの城の花形です。そして、最も責任の重い役職でもあります。カーレン、あなたにそれを務める覚悟はありますか？」

「もちろんです。ぜひ、やらせて下さい！」

やった！

推薦をもらうまでもなく、姫は私にもその資質があると考えていてくれたのだ。

「王子。あなたにはカーレンの指導係をお願いします。引き受けて下さいますね」

「姫、もちろんです。最初から、そんな気がしていましたよ」

王子は分かっていたとでも言いたげな顔で、嬉しそうに笑った。

私は自分がどんな人生を歩んだ人間なのか、まだ知らない。図書館でも確認出来なかったし、今のところ何も思い出せていない。それでも、頑張りたいと思った。誰かを幸せにすることで、いつか自分も幸せになれる気がするからだ。

「今から僕らは先輩と後輩だね。期待しているよ」

「はい！　よろしくお願いします！」

3

案内された更衣室で、物語管理官の制服を身に纏い、親指姫にプレゼントされた赤い靴を履くと、不思議と力がみなぎってきた。

やはり赤い靴は私にとって何か重要な意味を持っているのかもしれない。

ようやく自分の姿も見ることが出来た。

年齢は十四、五歳といったところだろうか。

鼻筋が通り、瞳の色は緑。肌は透き通るように真っ白だった。私はこんな顔をしていたのだ。

童話のお姫様のように、誰もが振り向くほどの美貌じゃない。でも、こんな私で良かったと感じられるくらいには、愛嬌があると思う。

「制服、気に入ったみたいだね」

更衣室から出ると、早速、王子に心を読まれてしまった。

「どうして分かるんですか？」

「ご機嫌な鼻歌が聞こえたからね」

そうか。無意識のうちに、私は鼻歌なんかを。もしかしたら、『赤い靴』というのは、歌が好きな少女の物語だったのかもしれない。

「じゃあ、早速だけど、僕たちの仕事について説明しよう」

「お願いします！」

「作家が想像力を駆使して生み出す『物語』は、どれも素晴らしいものだ。哀しい物語であれ、苦しい物語であれ、どんな本も必ず誰かの心を熱くする。時代も国境も超えて、勇気を与えてくれる。でも、結果として、作中には不幸になってしまう者が生まれる場合がある。物語管理官の任務は、そういった登場人物を別の結末に導くことだ」

「具体的には何をしたら良いのでしょうか？」

「まず【物語の鍵】を振って、【時空の扉】を作る。その扉から物語の世界に飛び込み、ストーリーを変えるんだ」

「つまり私たちも登場人物の一人になるということですか？」

「そういうことだね。任務では注意しなければならないことが五つある。まず一つ目。本来の物語を尊重するために、大前提を変えてはいけない。『ジャックと豆の木』を思い出して。ジャックが不思議な豆を手に入れなければ、オウガが死ぬことも、子どもたちが親を失うこともなかった。でも、それでは別のお話になってしまう」

確かに。ジャックが豆の木を登らなければ、あの童話は始まらない。

「二つ目。介入するのは、極力、中盤から終盤にかけてだ。物語は生きている。序盤から展開を変えてしまうと、想像も出来なかった危険が発生しかねない。物語管理官の強みは、結末までの出来事をすべて知っていることなのに、それを生かせなくなる」

「そうか。展開が変わってしまったら、事態を察知出来なくなりますもんね」

「話が早くて助かるよ。だから、なるべく物語を忠実になぞりながら、ここぞという場面で介入するんだ。任務では動くべき場所を正確に見極めるセンスが重要になる」

「物語を細部までしっかり理解しておく必要がありますね」

「その通り。三つ目。物語に持ち込めるのは、身につけている衣装や装身具だけだ。帽子を被っても良いし、コートを羽織っても良いけど、道具を持ち込むことは出来ない」

なるほど。作品に登場しない物に頼ってはいけないということか。

「四つ目。物語の鍵は、出現してから三日以内に使用しなければならない。その期間を過ぎると、時空の扉を開けなくなる」

「難易度が高い任務でも、完璧な作戦を思いつくまで旅立ちを先延ばしにするということは出来ないんですね」

「うん。準備に集中するあまり、時間切れで失敗してしまった管理官もいる。十分に注意して欲しい。最後に五つ目。物語管理官には一つ、禁忌がある」

「禁忌ですか？」

　王子の顔に、憂いの影が射した。

「それは、絶対に自分の物語に飛び込んではいけないということだ。君の場合であれば、『赤い靴』の鍵が現れたら、それはほかの管理官に託されることになる」

「そうなんですね。でも、どうしてですか？　自分自身の物語であれば、誰よりも真剣に任務と向き合える気がします」

「どんな管理官も冷静ではいられなくなるからだそうだ。実際、過去に禁忌を犯し、失敗した管理官がいるらしい」

　私の今の立場は見習いである。今後、正式な任命を受けられる保証もないし、そもそも『赤い靴』を読んでいないから、自分がどんな結末を迎えたのかも分からない。今のところ、ルールを破ってまで、どうこうしようなんて気持ちはまったくなかった。

「分かりました。五つの注意事項を心に留めて、頑張ります。まずは物語の鍵が必要なんでしたよね。それは、何処にあるんですか？」

「新しい物語の鍵は、雪の女王の部屋に不規則に現れるんだ」

「この城を造った方でしたっけ？」

「うん。女王は副城主を務めているんだけど、実直な親指姫とは対照的な人だから、気を付けて欲しい。素晴らしい力を持っているのに、悪戯《いたずら》が大好きで、普段から余計なことにばかり能力を使っている」

「覚えておきます」

「では、新しい鍵をもらいに女王が暮らす【氷の館】に行こう」

目的地は幻想図書館の反対側、城の外に突き出した空中回廊の先にあるらしい。

螺旋階段を下り、空中回廊に出ると、気持ちの良い風が吹き抜けていった。

天空の間のある最上階から数階下ったのに、まだ想像していた以上の高さがある。

「あれが氷の館だ」

空中回廊の先に、奇妙な形の屋敷が存在していた。大木の一角に作られた鳥の巣のように、そこだけ独立しており、槍のような物が無数に突き出している。

「変わった外壁ですね。ハリネズミみたいです」

「針のように見えるのは氷柱《つらら》さ。雪の女王の部屋は、氷で出来ているんだ」

「あの部屋も女王が造ったんですよね？」

「もちろん。女王は不思議な力を持っている方だからね」

氷の扉をくぐり、室内に足を踏み入れると、白銀の世界が広がっていた。

寒さが背筋まで伝わってきて、思わず震えてしまう。

外観よりも明らかに中の部屋が広い。左側の壁には、数え切れないほどの鍵がぶら下がっていた。

「あれが物語の鍵ですか?」

「いや、あれはかつて物語の鍵だったものだ。使用済みで、今は【記憶の鍵】と呼ばれている。物語管理官が任務に成功すると、物語の鍵から進化するんだ。記憶の鍵はアルバムのようなもので、管理官に救われた物語を確認することが出来る」

左側の壁は、ほとんど天井近くまで記憶の鍵に覆われている。先輩管理官たちは既にこれだけの数の物語に飛び込み、登場人物たちを救ってきたのだ。

「やあ、王子じゃないか」

後方から低い声が届き、振り返ると、目の前に痩せ細った不気味な女が立っていた。

あまりの距離の近さに、思わずのけぞってしまう。

足音一つ聞こえなかった。いつの間に真後ろに……。

「女王。彼女を驚かせないで下さい」

「面白いことを言うねぇ。私はむしろ驚かせたかったんだよ」

「知っています」

真っ白な髪の下に、透き通るような青白い顔が覗いている。女王が不気味な笑みを浮かべると、周囲の気温がさらに下がった。

「カーレンと言ったか。今回の新人は可愛らしい子じゃないか。どれ、その顔を、もっと見せておくれ」

細長い指が私の頬に触れるより早く、王子が私の腕を摑《つか》んで引き寄せた。

「女王。僕らは新しい鍵を受け取りに来たんです。彼女に悪戯をするのはやめて下さい。いつかのように、また自分の顔と取り替えて、遊ぶつもりだったでしょう?」

「王子は私を誤解しているねぇ。そんな酷いことはしない。ただ、ちょっと左目を借りようとしただけさ。その緑の瞳に映る世界に興味があったのでね」

左目を借りる? 一体、何をされるところだったんだろう。

女王から目を離さずに、じりじりと後ろへ下がる。

王子が言っていた通り、この人には気を付けた方が良さそうだ。

「ほら。これが一時間前に現れた、新しい物語の鍵だ。見習いには丁度良い仕事かもしれないね」

「頂きます」

女王から鍵を受け取ると、王子は右足を引き、右手を身体に添えて礼をした。

「図書館に用事があったのでね。ついでに本も借りてきたよ」

雪の女王が指を鳴らすと、一冊の本が空中に現れ、私の手の上に落ちた。

本の表紙には『マッチ売りの少女』と書かれている。商売人の話だろうか。

「感謝します。では、僕らはこれで」

長居は無用ということだろう。王子の後に付いて部屋を出ようとしたのだけれど、

「待ちたまえ。副城主として忠告しておきたいことがある」

扉の前で振り返ると、女王が見つめていたのは私ではなかった。

「王子。その小娘には気を付けた方が良い」

「どういう意味ですか？」

女王の顔から不敵な笑みが消える。

「あの『赤い靴』のカーレンだ。さぞかし老兵を恨んでいることだろう。久し振りに禁忌を犯す人間が現れるとすれば、その小娘さね」

老兵を恨む？

私は物語の中で、その老兵に何かされたのだろうか。たった一つの禁忌を犯そうとするほどの、何かを。

「不幸な結末を迎えた者は、自分の物語に飛び込んだ場合、往々にして復讐に囚われ、過ちを犯す。頭に血が上り、酷い失敗を繰り返すことになる」

「ご忠告ありがとうございます。でも、彼女はそんな人じゃありません」

王子は一秒も迷わずに、そう断言した。

「僕は彼女を信じています。杞憂ですよ」

「今日、会ったばかりだろう？　何が分かるというんだ」

「実は図書館から『赤い靴』が消えていたので、彼女は自分の物語を知らないんです。だから、誰かを恨んでいるということもありません」

「なるほど。だが、すべての事象には意味があるものだ。誰かが本を隠したのであれば、そこには相応の理由がある。小娘が生きた物語が、目を逸らしたくなるほど凄惨だったからか、それとも、もっと別の理由があったのか」

長く細い指で自らの顎を撫でながら、

「重ね重ね忠告するが、この小娘をしっかりと見張っておいた方が良い」

雪の女王は私を見据えて、そう断言した。

「僕は指導係です。見張るのではなく、見守るのが務めです」

「さすがは王子。私の凍てついた胸まで熱くなるようだ」

「行こう。気にしなくて良い。思ってもいないことも口にする人だ」

「頑張りたまえ！　君たちの未来のためにもね！」

女王の笑い声が響いたが、王子はもう振り返らなかった。


部屋を出ると、嘘のように天候が変わっていた。

つい先程まで雲一つない大空が広がっていたのに、激しい雨が降っている。

「女王が天候を変えたんだ。何がお気に召さなかったのか知らないが、本当に困った人だよ。回廊の床が濡れている。滑らないよう気を付けて」

空中回廊は両脇に手すりがあるだけで吹きさらしだ。

強い風に煽られ、バランスを崩した私の手を、王子が掴んだ。

王子の手の平は不思議と温かい。そして、迷いや恐怖を打ち消すように、力強い。

それなのに、何故だろう。

不気味に笑う女王の顔が、どうしても頭から離れなかった。

4

物語管理局に辿り着いた者には、それぞれ自室が与えられる。

もらえる部屋は人間なのか動物なのかによって異なるらしく、私が与えられたのは、西の湖が見える見晴らしの良い小部屋だった。

ロココ式の装飾が施された赤木の机、ハートをモチーフにした猫脚の椅子、スタイルカーテンを施した天蓋付きベッド、備え付けの家具は、どれも可愛いのに高級感がある。まるでお姫様にでもなった気分だ。

作中で幸せになれなかった者を救うには、物語の細部や結末を正確に把握しておく必要がある。

一通り室内の家具を愛でてから、椅子に腰掛け、雪の女王に渡された書籍を開いた。見習いとして私が挑む最初の物語は、『マッチ売りの少女』である。


大晦日の夜に、年端もいかない少女がマッチを売っている。

しかし、購入者は現れない。馬車にひかれそうになり、靴を失い、少女は裸足《はだし》で震えているが、お金をめぐんでくれる者も、心配して声をかけてくれる者もいない。

マッチは一本も売れていない。このまま帰宅すれば、父親にぶたれてしまうだろう。

凍える少女は、暖を取ろうとマッチに火をつける。すると火の中に、ご馳走やクリスマスの風景、この世でたった一人、優しかったおばあさんの姿が浮かび上がった。

火が消えてしまえば、おばあさんも消えてしまう。大急ぎで残りのマッチをすべてすると、周囲は真昼よりも明るくなった。それから、少女はおばあさんに抱き締められ、光に包まれながら天高く昇っていく。

翌日の寒い朝、路地には燃え尽きたマッチを握り締めたまま死んでいる少女がいた。


とても短い物語だ。あまりにも悲痛な物語だ。

それなのに。こんなにも哀しい物語なのに。一度読んだだけで、私の心は『マッチ売りの少女』に囚われてしまった。虜になってしまった。

哀しいがゆえに美しい。記憶ではなく心に染み込む物語だった。

もう二度と、私はこの素晴らしい物語を忘れないだろう。

今回の任務は、この少女を救うことである。

喜びに満たされて死んだ少女の亡骸は、微笑んでいた。だけど、こんな結末が、寒さに凍えて死んだ少女の人生が、幸せであったはずがない。

私は絶対に、彼女を、マッチ売りの少女を、救いたい。


王子とは正午に一階の食堂で会うことになっていた。

早く、この物語を読んで欲しい。

気付かぬうちに溢れていた涙を拭い、足早に待ち合わせの場所へと向かう。

食堂の扉を開けると、ティーカップを手にした王子が待っていた。

「やあ、早かったね」

「心に残る物語でした。すぐに任務の相談がしたいです」

林檎《りんご》の甘い香りを漂わせる王子に、本を差し出す。

「ああ。言ってなかったけど、僕はもう読んでいるんだ」

王子はティーカップをソーサーに置くと、真面目な顔で私に向き直った。

「話し合いの前に、確認しても良いかな。君が救いたいと思っているのは誰？」

どうしてそんなことを質問するんだろう。

「もちろん、マッチ売りの少女です。間違っていますか？」

「いや、僕もそのつもりだよ。ただ、作品によっては、複数の人間が救出対象になることもあるんだ。だから、任務に向かう前に、慎重に物語を精査する必要がある」

「分かりました。私からも一つ、質問させて下さい。物語の鍵は、今日、氷の館に現れたんですよね？　既に『マッチ売りの少女』を読んでいたということは、王子は次の任務がこの物語になると知っていたんですか？」

「いや、任務とは関係なく読んでいたんだ。彼女はこの城の住人で、友人だからね。作戦を立てる前に、会っておこうか。彼女は洋裁師として働いている。僕らが着ている制服も彼女が作ったものだよ。この時間なら三階の裁縫室にいるはずだ」

「そうだったんですね。もっと幼い子を想像していたので、意外です」

「彼女は確か九歳だったかな。この城で暮らしているマッチ売りの少女は、まだ救われていない。だから、今の彼女は物語中の姿だ。裸足だし、とても痩せている」

「この城には食堂があるし、食べ物が足りていないようにも見えません。それなのに、どうして彼女は痩せているんですか？」

「僕たちは物語を終えた時の姿で、ここに召喚される。死んでしまった者は、その直前の姿だ。物語を生きたものの本能とでも言えば良いのかな。物語管理官によって結末を変えられるまで、身体が本来の姿を維持しようとするんだ」

「そんなの……。一日中、裸足で、好きな物も食べられないなんて、あんまりです」

「だからこそ、僕ら物語管理官の仕事があるんだ」


裁縫室に出向くと、小柄な少女がミシンに向かい、一心不乱に手を動かしていた。

自分の仕事に夢中なのだろう。少女は私たちに気付いていない。

彼女の隣には、色とりどりの布が高く積まれていた。

背後の壁に完成した服がかけられており、陽光が差し込む左側の窓辺には、小さな鉢が置かれていた。

咲いている一輪の花はヒナギクだろうか。少女の仕事を見つめながら、鉢の縁に止まったひばりが楽しそうにさえずっていた。

「二人は今日も仲良しだね」

王子がヒナギクの花弁を優しく撫でると、ひばりが軽やかに飛び上がり、王子の肩に飛び乗った。

それから、ひばりが誇らしげに歌い出すと、裁縫中の少女が私たちに気付いた。

「やあ、仕事中にすまない。君の物語の鍵が現れたよ」

王子がそれを告げると、少女は痩せ細った手で顔を押さえて泣き出した。

「やっと私の番が来たんですね」

瞳に涙を滲ませたままうつむき、少女は自らの足を触る。

「物語の中で命を与えられていなければ、私は存在しません。この世界に生んでもらえただけで、本当に幸せです。でも、自分の人生を知ってから、ずっと、胸の奥が冷たいんです。忘れられない寂しさが、凍えるような孤独が、心の奥の方に住んでいて、食事も喉を通らなくて」

「長い間、つらかったね。でも、もうすぐだ」

「王子。どうか、お願いします。私を救って下さい。私も皆と笑顔でご飯を食べたいんです。可愛い靴だって履いてみたい」

涙を流しながら頼む少女に、王子は胸を張る。

「任せてくれ。僕は誰もが幸せになった世界が見たい。カーレンも同じ気持ちでいる。絶対に君を救うよ」

「はい。私も全力を尽くします！」

決意を口にすると、マッチ売りの少女は、痩せた手で私の手を握り締めてきた。

その温もりを胸に刻み、きびすを返したところで、不意に思った。

貧しさに苛《さいな》まれ、真冬の夜に命を落としたマッチ売りの少女は、今も満足に食事が出来ないという。でも、私はどうだ？　『赤い靴』の女の子である私には、今のところ自覚出来る不幸の片鱗がない。

私は物語の中で、一体どんな哀しい結末を迎えたんだろう。

物語管理官は【冒険の間】から旅立つ。

銅の扉を開けて薄暗いその部屋に入ると、中央に二つの姿見鏡《すがたみ》が立っていた。その鏡面が七色に輝いている。

「これは別の管理官が飛び込んでいる時空の扉だ。表面の発色は使用中の証さ。後から別の管理官が入ることは出来ない。さあ、僕らも準備をしよう」

王子が物語の鍵を振ると、目の前に三つ目の姿見鏡が出現した。

「覗いてご覧。普通の鏡とは違うことが分かるはずだよ」

「本当だ。何も映っていませんね」

鏡面に霧がかかっており、前面に立っても何も見えなかった。

「物語の世界に飛べるのは一度きりだ。誰かが通過すると表面が七色に輝き、入れなくなる。もちろん、戻って来ることは出来るけどね」

「一人しか出入り出来ないんですね。じゃあ、任務も私一人で?」

「いや、手を繋いで入れば、複数の人間が同時に鏡を通り抜けられる。見習いの君を一人で行かせるわけにはいかないよ」

空中回廊で風に煽られた時に、一度、王子と手を繋いでいる。

華奢なのに王子の手は力強かった。思い出しただけで自然と頬が熱くなる。

「扉を一度しか通過出来ないということは、失敗したらどうなるんですか?」

「当然、該当する人物は不幸なままだ。城内での状況は何も変わらない」

「永遠に不幸なままということですか?」

「管理官が任務に失敗した場合、時間をおいて、再度、物語の鍵が現れるんだ。ただ、救出が先送りになるから、随分と待たなくてはならない」

そうか。失敗する可能性もあるから、彼女はあんなにも切実な表情を見せたのだ。

「責任重大ですね」

「ああ。だから事前準備が重要になる。どうやって救うのか、どうすれば本当の意味で救えるのか、しっかりと整理してから、物語に挑む必要がある」

少し前に見たばかりの少女の涙が忘れられない。

悲しい涙は、今日で終わりにしてあげたい。

「とは言っても、今回は、そこまで深刻に考える必要はない。大変なのは邪魔をする者がいる物語だ。戦う相手がいる場合と言い換えても良い。例えば勇者や戦士が登場する物語で、悪役を救う場合は、難易度の高い任務になる。何しろ敵は英雄だし、そもそも救う相手が協力的でない場合も多い」

「なるほど。でも、今回の場合、悪役はいません」

「その通り。少女の父親は彼女につらく当たっているけれど、それは娘が憎いからじゃない。少女が靴を失ったのも、単なる事故で、そこに悪意があったわけじゃない。カーレン、これは君の初めての仕事だ。僕はあくまでも助手に徹しようと思っている。どうすれば彼女を救える?　彼女の救いとは、幸せとは、何だ?」

簡単なようで、しかし、とても難しい問いだった。

裁縫室で会った彼女は、物語の中で命を与えられたことを、心から感謝していた。そして、いや、だからこそ、消せない寂しさと孤独に悩んでいた。

少女が愛した物語を、大きく変えることは許されない。きっと、そんなことは彼女も望んでいない。物語を尊重しながら、彼女の願いを叶える必要がある。

「答えが見つかったら、一緒に行こう。君がこの物語を変えるんだ」

5

時空の扉をくぐる際、物語の世界に持ち込めるのは、身につけているものだけだ。少女が暖を取ることが出来れば時間を稼げるが、ストーブなどは持ち込めない。

「さあ、冒険を始めよう」

伸ばされた王子の手を握り返した時、体温が一度、上がった気がした。

任務のために手を繋いだだけなのに、胸が妙にざわつくのは何故だろう。

心臓の鼓動にも違和感を覚えたが、扉を抜け、冷気を感じた瞬間、気持ちの焦点が任務に重なった。

最初に目に入ったのは、間断なく降り注ぐ真っ白な雪である。

繋いでいた手を放し、頭上を仰ぐと、懐かしさが胸に込み上げてきた。

私が生きた『赤い靴』も、寒い国の物語なのだろうか。

雲の向こうに薄《うっす》らと見える太陽の位置は、まだ高い。それなのに、吹きすさぶ北風に思わず身震いしてしまった。

時空の扉を通過出来るのは、行きと帰りのそれぞれ一度きりで、例外はないらしい。

七色に輝く鏡を発見して、中に入れると考える人間はいないだろう。だが、小動物が偶然ぶつからないとも限らない。この大きさの鏡は珍しいし、外枠に緻密な木彫りの装飾が施されているから、悪意を持つ人間に盗まれてしまうなんて可能性もある。

無用なトラブルを避けるため、物語の世界に降り立った後、管理官は必ず鏡を隠す必要があるという。

王子と二人で森の中に運び、念には念を入れ、鏡を雪で覆うことにした。


好天とは言い難い日なのに、町は大勢の人でごった返していた。

今日は大晦日である。市場は買い物客で賑わっている。

「王子。帽子屋さんの奥を見て下さい」

似つかわしくない大きな木靴を履いた少女が、小さな箱を持って右往左往していた。

物語管理局の裁縫室で挨拶をした少女に間違いない。

こんな寒い冬の一日だ。町ゆく人は皆、帽子を被り、外套を羽織っている。しかし、少女は上着とスカートの上に、エプロンをつけているだけだった。あんな格好で夜を迎えたら、凍えてしまうに決まっている。

私たちが何もしなければ、この世界は物語通りに進んでいく。

マッチ売りの少女は、夕方、大通りで靴をなくすはずだ。彼女が履いているのは、母親が履き古した木靴であり、サイズが合わないせいで、馬車にひかれそうになった時に脱げ、なくしてしまうのである。

回避しなければならないのは、少女の凍死だ。

当初、私は、厚着をして物語に入り、コートや帽子をプレゼントすれば良いのではと考えた。持ち去られる前に靴を拾い、暖かい服を渡せば、凍死は防げるだろう。

だが、この案は、王子に「それでは意味がない」と却下されてしまった。

理由はシンプルで、根本の解決になっていないからだ。

大晦日の夜を越えても、明日、同じことが起こるかもしれない。それでは少女を本当の意味で救ったことにならないのである。

次に考えた案は、少女が売っているマッチを、私たちですべて買いあげるというものだった。彼女が家に帰れないのは、マッチが売れていないのに帰宅したら、父親にぶたれてしまうからだ。

「悪くないアイデアだね。でも、それも最善とは言えないかな」

「どうしてですか?」

「今日は大晦日だ。猫の手も借りたいほど忙しい行商人もいるだろう。日雇いの仕事を見つければ、マッチを買うお金くらいは稼げるはずだ。商品がすべて売れれば、少女は帰宅出来る。だけど、やはり根本の問題が解決されていない。カーレン、物語管理官が真に目標とすべきは、対象を恒久的に幸せにすることだ」

私の目を見つめて、王子は力強く、そう言い切った。

「君のやり方でも、彼女は死を回避出来るだろう。ただ、実際には問題を先送りしたに過ぎない。お金がなくなれば、少女はまたマッチを売りに出掛けなくてはならない。冬はまだまだ続く。今日は救われるかもしれないけど、明日の保証はない」

王子の言わんとしていることは、よく理解出来た。彼女に服やお金を与えれば、当座の悲劇は回避出来る。しかし、少女が抱える問題が解消したわけじゃない。

「君は僕の後輩だ。物語管理官として対象者の最高の幸せを追求してもらいたい」

「分かりました。私だって、どうせやるならベストを目指したいです」

「良いね。君なら、そう言ってくれると信じていたよ」

日中の事件で分かっていることは一つしかない。

少女が馬車にひかれそうになり、母親の木靴をなくしてしまうということだ。

そこから推理出来ることが二つある。

少女の家は、娘に靴を買い与えられないほど貧しい。そして、恐らく母親はもう死んでいる。

父親にぶたれるという恐怖で、少女は家に帰れなかったのだ。守ってくれる母は、もういないはずである。

物語の終盤、少女はマッチの火の中に、おばあさんを見ている。そこに彼女を救うヒントがある気がした。

「マッチを買って下さい！」

適度な距離を取りながら、少女の後を付いていく。

「お願いします！　ご飯が買えないんです！　マッチを買って下さい！」

どうして、この世界は、こんなにも不公平なのだろう。

私には物語管理局に辿り着くまでの記憶がない。それなのに、以前からそう感じていたことを、理不尽な運命というものに強い怒りを抱いていたことを、心と身体がしっかりと覚えていた。

時空の扉をくぐる前に、王子と決めていたことがある。それは、少女が馬車にひかれそうになるのを助けないということだ。

私たちが関与すれば関与しただけ、物語は変わっていく。

不測の事態を避けるためにも、変更を加えるのは最小限にしていきたい。

本来の物語では、恐ろしいスピードで走ってきた二台の馬車にひかれそうになり、少女の足から、ぶかぶかの木靴が脱げてしまう。片方は見つからず、もう片方は男の子に持ち去られてしまうのだが、今回はそのどちらも私が許さなかった。

「大丈夫？　これ、あなたの靴だよね？」

ぶかぶかの木靴を拾い、二つ揃えて少女に差し出すと、

「ありがとうございます。ありがとうございます」

うるんだ瞳で感謝された。

間近で見る少女は、骨が浮き出るほど痩せている。

「どうしてサイズの合わない靴を履いているの？　歩きにくいでしょ？」

「死んだお母さんの靴なんです。私にはこれしかないから」

少女の瞳から悲しげな涙が零れ落ちた。

「お母さん、死んでしまったのね。つらいことを聞いてしまって、ごめん。今はお父さんと二人暮らし？　それとも、おばあちゃんも一緒かしら」

「おばあちゃんも死にました。だから、お父さんと二人です」

「そっか。おばあちゃんは二人いるよね。もう、どちらも？」

「お母さんのお母さんは生きていると思います。でも、遠くて会いに行けないから」

思った通りだった。少女がマッチの火の中に見たおばあちゃんとは、一緒に暮らしていた父方の祖母なのだ。

「あの、お姉ちゃん。マッチを買ってくれませんか？」

エプロンから取り出したマッチの箱を、少女が差し出してくる。

その細く汚れた指を見ただけで、胸が締めつけられた。

「ごめんね。お金がないの」

「そうですか」

「ねえ、あなたは今、何歳？」

「九歳です」

「そんなに小さいのに働いていて偉いね」

「お金がないとご飯が買えないから。マッチが売れるまで帰れないんです」

「そっか。仕事があるからすぐには無理だけど、お金を取って来ようかな」

暗に後で買うと伝えると、少女の顔が一瞬で晴れやかになった。

「そんな格好じゃ寒いでしょ」

厚手のコートを脱ぎ、少女の肩にかけてやる。

「あったかい」

「戻って来るまで貸してあげる。あ、でも、マッチが売り切れたら、家に帰るよね。あなたのお家《うち》を教えてもらえる？」

「うん。あそこ」

少女が指差したのは、大きな川の向こう岸だった。

橋の向こうとこちらでは、町並みの様子からして、まるで違う。

市場まで向かう道中に建ち並んでいた家々は、どれも立派な戸建てだった。しかし、川の向こうには吹けば飛ぶような小さなあばら屋が密集している。

少女の家が位置する場所を聞いてから、近くで待機していた王子の下《もと》に向かった。

「コートをあの子に貸したのかい？」

「はい。靴を渡すだけのつもりだったんですが、あまりにも寒そうで、見ていられなかったので」

「崇高だね！　では、代わりに僕のコートを着ると良い」

王子は笑顔で自分のコートを差し出してきたけれど、断ることにした。

私が今感じている寒さは、数分前まで少女が感じていたものである。あの子の痛みを知って、私は覚悟を決めたかった。

貧しさとは誰のせいなのだろう。

生まれた家のせい？

国のせい？

それとも、運命のせい？

答えは分からない。

分かったところで、きっと、私には変えられない。

救えるのは、いつだって手の届く範囲にいる者だけだ。

この町で貧しさに涙しているのは、マッチ売りの少女だけじゃない。

それでも、私はまず、たった一人を救う。それが、物語管理官の使命だ。

「王子。走ります。付いて来て下さい！」

6

雪の降り積もった夜は、太陽が沈んだ後でも明るい。

見上げれば、空の隙間を埋めるように、白い哀しみの破片が降ってくる。

日中の人出が嘘のように、大通りから人影が消えていた。

もう、ほとんどの店が閉まっている。人々は暖かな家の中で、家族と笑いながら、新しい一年を待っているに違いない。

作中、少女は日が落ちた後、寒さをしのぐために家と家の隙間に入る。それから、マッチの火で身を温めるが、幾つかの幸せな幻想を見た後で、凍え死んでしまう。

ただ、既に物語は変わっている。

少女は木靴をなくしていないし、私が貸したコートもある。何より、私はお金を取りに戻ると話した。彼女はこの後、マッチを買ってもらえると考えているに違いない。

希望がある限り、人は強くなれる。

あれからまだ数時間しか経っていない。

絶対に間に合うはずだ！

雪の反射でうっすらと明るい夜の街を、息を切らして走り抜ける。

気温は下がる一方だ。

少女が凍えてしまう前に、早く捜し当てなければならない。

「カーレン！　こっちだ！」

私が少女を見つけられずにいると、通りの向こうから王子が呼びかけた。

手分けして別々の路地を捜していたわけだが、正解は王子が向かった方だったのだ。

白銀の上を全速力で走る。

雪に足を取られ、何度も転びそうになったけれど、凍える少女を思えば、足を緩めることなど出来なかった。

「ごめん。お待たせ！」

民家の間、レンガの壁の隙間に挟まるようにして、少女がうずくまっていた。その小さな手にマッチの箱が握られている。

「……お姉ちゃん」

顔を上げた少女の頬に、白い一筋の霜が見えた。

夜が怖くて、泣いてしまったのだろうか。それとも、寒さに耐えられなくて、涙が溢れてしまったのだろうか。時間がかかってしまったのは私のせいだ。

「待っていてくれて、ありがとう」

「お姉ちゃんがマッチを買ってくれると思ったから」

よろけるように立ち上がった少女を、狭い路地で抱き締める。

抱き締めた彼女から、微かに煙の匂いがした。足下に三本のマッチが落ちている。

物語のクライマックスは緩やかに、しかし、確かに始まっていたのだろう。

もう少し遅れていたら、危なかった。

「寒かったでしょ」

「うん。でも、お姉ちゃんが貸してくれた服があったから」

「ごめんね。もっと早く戻って来たかったんだけど」

少女はエプロンからマッチの入った箱を取り出す。

「あの後も、やっぱり売れなかったの」

請うような瞳で、見つめられた。

「マッチ、買ってくれますか？　一箱でもいいです。二箱買ってくれたら、もっと嬉しいけど」

「ごめんね。私、マッチは買ってあげられないの」

それを告げると、少女の両目に一瞬で涙が浮かんだ。

「どうして？　だって、お金を取りに行くって」

「ごめん。私、本当は、お金を持っていないの。でもね」

少女の手を引いて、大通りに出る。

そこで待っていたのは王子と、もう一人。

その姿を確認して、少女の顔に一瞬で笑顔が戻った。

「おばあちゃん！」

「マリー！　こんなに遅くまで、どうして！」

老婦はひざまずいて少女の手を取る。そうか。少女の名前はマリーと言うのか。

「ご飯が買えないから、マッチが売れるまで帰って来ちゃ駄目だって。お父さんが、絶対に売ってこいって。でも、私、売れなくて。だから……」

「ごめんねぇ。気付かなくて。助けてあげられなくて」

老婦の目から、少女とは違う色の涙が零れた。

「おばあちゃん、どうしてここにいるの？」

「カーレンさんと王子が教えてくれたんだよ。お前さんが苦労をしているって。まさかこんなことになっているなんて、私は夢にも思わなかったんだ」

少女は優しかった祖母と母を亡くし、父と二人で困窮していた。

私がこの世界で日銭を稼ぎ、マッチを買ってあげれば、もっと早くに帰宅出来ただろう。マッチを売ったお金で、温かな料理を買い、父親と一緒にお腹を満たすことも出来たはずだ。だけど、それはあくまでも今夜限りの話である。

少女はきっと、年が明けても、マッチを売らなければならない。

長い長い冬に耐えられず、結局は同じ結末を迎えてしまうかもしれない。

変えなければならないのは、生活の根本だ。必要なのは、彼女を明日も助けてくれる人である。

だから、私は生きている少女の身内を捜すことにした。

作中、少女はマッチをすり、最後に大好きだった祖母と幻の中で出会っている。ただ、それは目の前にいる老婦ではない。一緒に暮らしていた父方の祖母だ。

母方の祖母が生きていると知り、私は少女の家を訪ね、酒を飲んでいた父親に、その居場所を聞いた。少女はもう一人のおばあちゃんが遠くに住んでいると言っていたけれど、九歳の彼女と私たちでは距離の感じ方も足の速さも違う。

二つ隣の町に住んでいた祖母を訪ね、事情を話し、付いて来てくれるように頼んだ。

そして今、少女は彼女を愛してくれる家族と再会を果たした。

目の前にいるのは、母が亡くなって以来、会うことすら叶わなくなった、もう一人の大好きなおばあちゃんだ。

「これは、あの子の木靴だね」

「うん。お母さんが死んじゃったから、もらったの」

「ぶかぶかで歩きづらいだろう?」

「でも、お母さんの靴だから」

少女の頭を撫でて、老婦は王子から紙袋を受け取る。

「この靴は、お前さんがもう少し大きくなってから履いたら良い。さあ、これをあげよう。マリーの足にぴったりの靴だよ」

差し出された靴に履き替え、少女はその場で高く飛び上がった。

「脱げない！　歩きやすい！」

「そうだろう。そうだろう」

「おばあちゃん、大好き！」

二人のやり取りを見つめる王子の横顔に、安堵の笑みが浮かんでいた。

そうか。この人は、こんなにも素敵な笑みを浮かべることが出来るのだ。

老婦が私に向き直り、頭を下げる。

「カーレンさん。王子。本当にありがとうございました。この子は娘の忘れ形見です。これからは私が面倒をみます。マリーの窮地を救って頂いたお礼は……」

「お礼など不要ですよ」

老婦の言葉を遮り、王子が告げる。

「皆さんの笑顔を見ること。それが何よりの報酬です。カーレン、君もそうだろう？」

「はい！　もちろんです！」

「では、僕らは行こうか。次の仕事が待っている」

「お姉ちゃん。王子。もう行くの？」

王子と顔を見合わせてから、頷く。

「私たちは次の仕事があるから。マリー、おばあちゃんを大切にね」

少女の父親は昼間から酒を飲み、くだを巻いていた。

マッチなんて売っても大したお金にならない。何より、九歳の娘が稼いできてくれると、本気で期待していたとは思えない。

恐らく、父親は商売を任せていたのではなく、手のかかる子どもを外に追い出していたのだ。真冬に、年端もいかない少女を、日が落ちても働かせるなんて、絶対に許せない行為である。彼が父親としての務めを放棄していたことは間違いない。でも、彼だって望んで落ち込んでいたわけじゃないはずだ。

苦しいのは、上手くいかないのは、必ずしも自分のせいだけじゃない。

「マリー。お父さんのことも、いつか……」

許してあげて。そう言おうとして、しかし、言葉を続けられなかった。

幼い少女にこれ以上を求めるのは酷だ。彼女に出来ることなんてない。

今はマリーが生きていてくれただけで良い。そう思ったのに、少女は再び、笑みを浮かべた。

「お父さんは、お母さんとおばあちゃんが死んで、つらいの。つらくて、苦しいから、働けなくなっちゃった。だから、私は早く大きくなって、お父さんを助けたい」

この子の心は何て美しいのだろう。

心はお金じゃ育たない。

どんなに貧しくても、人は強く、優しくあれる。

もう一度、少女を抱き締めてから、今度こそ、この世界を後にすることにした。

7

王子と手を繋いで、時空の扉をくぐる。

最初にこの扉をくぐった時、私が抱いたのは、緊張と王子と手を繋ぐことに対する照れだった。けれど、今は違う。誇りと達成感。胸が熱いのは、それが理由だ。

「カーレン。疲れているだろう？　少し休むかい？」

「いえ、大丈夫です」

「では、裁縫室のマリーに会いに行こう」

出掛ける前から冒険の間にあった、残りの鏡には変化が見られない。

私たちは一日足らずで物語を修正したが、作品によっては時間がかかるのだ。


「王子！　ありがとうございます！」

裁縫室の扉を開けると、マッチ売りの少女が飛び出して来た。

勢いよく抱き付かれ、王子がたたらを踏む。

少女は祖母にプレゼントされた靴を履いていた。

「お礼は僕ではなく、カーレンに伝えるべきだ。君を救ったのは彼女で、僕はほとんど何もしていないからね」

そんなの謙遜だ。任務が成功したのは王子の助けがあったからである。王子が素早くマリーを見つけなければ、本来の物語のように凍えさせてしまったかもしれない。

「カーレンさん、ありがとうございました！　私、やっと、本当の自分を取り戻せた気がします！」


裁縫室を出ると、王子が握手を求めてきた。

戸惑いつつも、その手を握り返す。

「ありがとう。君のような仲間が出来て、本当に嬉しいよ」

心なしか王子の瞳に涙が滲んでいる。

「泣いていますか？」

「嬉しいんだ。あの子が心から笑えるようになったことが、たまらなく嬉しい」

この人は、どうして、こんなにも優しい笑顔が出来るんだろう。

「マリーは自分が生きた物語を、人一倍、誇りに感じていた。素晴らしい物語を生きたと言って、いつも胸を張っていた。でも、だからこそ、消せない寂しさと孤独に悩んでいた。だけど、今日からは違う。彼女はきっと、『マッチ売りの少女』という物語を、これまで以上に愛せるはずだ。僕は、それが、たまらなく嬉しい。自分の物語じゃないのに、こんなのおかしいかな」

「そんなことありません」

人の幸せを心から願える王子は、物語管理官の鑑《かがみ》のような人だ。

「最初の任務を、こんなに完璧にこなせた管理官は、後にも先にもいないかもしれない。カーレン、君は立派な物語管理官になるよ」

「王子のアドバイスのお陰です」

「君自身の力さ。誇って良い」

物語管理局で目覚めてから、まだ一日も経っていないけれど、気付いたことがある。

王子の笑顔は、皆を幸せにするのだ。

それはきっと、誰にでも出来ることではない。


私は『赤い靴』を履いた女の子である。王子と別れた後、幻想図書館に寄ってみたけれど、蔵書は消えたままだった。

私の物語を無断で持ち去ったのは誰だろう。

いつの間に、そして、何のために、そんなことをしたんだろう。

雪の女王が言っていた「老兵」というのは何者で、私は何をされたんだろう。

まだまだ分からないことは沢山ある。だけど、今はひとまず、この物語管理官という素晴らしい仕事を、全力でまっとうしようと思った。

8

物語管理官には常時、仕事があるわけではない。

新しい物語の鍵が出現するまで任務はお休みになるし、鍵が現れても、それを誰に渡すかは、親指姫と雪の女王が相談して決めるらしい。

初めての任務を終え、私は城や敷地内の庭を散策しながら、ゆったりとした時間を過ごしていた。

城内は昼夜を問わず、いつだって賑やかだ。

ここ数日で、私も物語管理局の皆と随分仲良くなっている。

この城で暮らしているのは、人間だけじゃない。アヒル君やオウガの子どもたちのように、様々なキャラクターが救われる時を待っている。

ただ、必ずしもその時が訪れるまで不幸というわけではないようだった。人間ではなくても、子どもであっても、皆、それぞれにふさわしい仕事を与えられており、日々を精力的に生きている。まだ『赤い靴』を読めていないからかもしれないが、私自身も、自分のことを可哀想な人間だとは感じていなかった。

「まさか次に託されるのが、この鍵になるとはね。期待されている証拠だよ」

『マッチ売りの少女』を救ってから一週間後、ついに二番目の任務を命じられた。

渡された鍵の名前は、『裸《はだか》の王様《おうさま》』だ。

「王子はこの作品を知っているんですか？」

「うん。実は過去に別の物語管理官が失敗しているんだ。もう一度、鍵が現れた時に、自分が担当する可能性もあったから、気になって読んでいた。正直、難易度の高い物語だよ。指導係がついているとはいえ、見習いの君にこの鍵を託すとは思わなかった」

「『裸の王様』と聞いて、私は真っ先に料理長を思い出しました」

「それで正解さ。厨房で料理長として働いているのが、救出対象の王様だ」

私は先週、王子に城の中のめぼしい施設を案内してもらった。

厨房に上半身裸で激しく指示を出す男がいたことを覚えている。火を使っているから暑くて脱いだのだと思っていたけれど、あれがもともとの姿だったのだ。

「あの人、王様だったんですね。料理長だから偉そうだったわけではないのか」

「立場が人を作るのさ。物語の中で、王様は従順な部下たちに囲まれていた。それが現在まで続く彼の気質に影響しているんだろう」

「難易度が高いということは、任務の障害になる敵がいるということですよね？」

「それなら分かりやすいんだけどね。これは寓話なんだ。作中には王様を騙す人間が登場する。でも、単純に彼らが敵というわけではない。本当の敵は、人の心の弱さだ。だからこそ解決が難しいし、前任の管理官も失敗してしまった」

王子の顔にいつにも増して真剣な表情が浮かんでいた。

「『裸の王様』は機織り師を名乗るペテン師の嘘から始まる物語だ。前任者は頃合いを見計らって、王様に真実を告発したんだけど、ペテン師たちの方が一枚上手でね。物語管理官が騒ぎ立てたことで服が完成しなかったと、逆に濡れ衣を着せられてしまったんだ。そして、王様はそちらの嘘を信じてしまった」

王子は二冊の本を机の上に置く。一冊は『裸の王様』で、もう一冊の本の表紙には、『ルカノール伯爵』というタイトルが印字されていた。

「『裸の王様』には原典がある。それが『ルカノール伯爵』の第三十二話、『ある王といかさま機織り師たちに起こったこと』だ」

「原典ですか？」

「この物語の原典は、スペインの王族が書いた寓話なんだ。それを五百年後に、デンマーク人のアンデルセンという作家が童話にして発表した。読み比べてみたら、細部に幾つかの違いがあったよ」

「私たちは二つの物語を救わなければならないということでしょうか？」

「いや、そういうことではないんだ。物語というのは、時代を超える。語り継がれ、読み継がれていくうちに、更新されていくものだ。翻訳された国の事情、文化的背景によって、改変が加わることもある。ただ、たとえ訳や表現が異なっていても、同一作品であることに変わりはない。僕らが救うのは、あくまでも『裸の王様』だ」

なるほど。私たちの任務が特別複雑なものに変わるわけではないらしい。

「今回の仕事に『ルカノール伯爵』は関係ない。だけど、原典となった物語を知ることで、ヒントが得られるかもしれない。そう思って、こちらも借りてきた。難しい任務だと分かっているんだから、どれだけ用心しても、し過ぎるということはない。まずは君も二冊の本を読んでくれ。それから、二人で解決策を考えよう」

9

『裸の王様』の主人公は、新しい服が大好きな王様である。

毎日一時間ごとに着替える王様に会いに、ある日、二人のペテン師がやって来る。

「私たちは世にも不思議な布を持ってきました。これを使えば、馬鹿には見えない服を作ることが出来ます」

その服を着れば、賢い家来と愚かな家来を見分けられるだろう。王様はその布を買い取り、服の製作を命じるが、もちろん、そんな布は存在しない。

王様は年配の大臣、側近の役人を順に遣わし、進捗を確認させるが、さもあるかのような手つきで見せてくるペテン師がいるだけで、そこに服はない。しかし、大臣と役人は馬鹿だと思われることを恐れ、素晴らしいと嘘をついてしまう。

やがて、王様も、ほかの部下たちも、同じ道を辿っていく。自分を守るために、全員が見えると嘘をついてしまうのだ。

そして、運命のパレードが始まる。

馬鹿には見えない服の噂は、町中に広まっていた。人々は自分だけが見えないのではと恐れ、口々に絶賛するが、最後に小さな子どもが叫ぶ。

「王様は裸だ！　何も着ていないじゃないか！」

人々の手の平返しが始まり、王様も真実を理解するが、今更、引き返せない。

恥ずかしさに堪えながら、それでも胸を張り、王様は最後まで行進を続けるのだった。


『裸の王様』を読み終わった後、原典の『ルカノール伯爵』にも目を通した。

王子が言っていたように、細部が異なっている。

ペテン師は二人ではなく三人だし、最後に裸であると指摘するのは、王の馬の世話をしていた黒人だ。ただ、一番の違いは、服が見えない人間の種類だろう。原典では「実の子どもではない者」、つまり「不貞の子」にだけ、服が見えないのである。

失うものの少ない黒人だけが真実を告発出来たという展開は、執筆当時の社会背景を踏まえたもので興味深い。ただ、物語としては疑問が残る。

偽者の子を見分けることが出来れば、王は財産を正統な子どもに残すことが出来る。

明確な利点のある服だが、パレードでは、町中の人々が王様の服が見えないとショックを受けている。その全員が、自らを不貞の子であると信じてしまうというのは、話の筋として無理があるように感じる。

この作品を、誰が読んでも自然に楽しめる物語に書き換えたアンデルセンなる人物は、読者の心の機微をよく理解している作家だったに違いない。

どうすれば王様を助けられるのだろうか。

前任の管理官は、真実を告発して失敗している。単純なやり方では、今回も上手くいかないはずだ。

読み終わったら食堂に来てくれと王子に言われていた。

渡り廊下を抜けて食堂に向かう道中、窓の向こうにそびえる城が視界に入った。山のようにそびえる大きな黒い城。あれは一体、何なのだろう。

私たちはこの城の敷地から出ることを禁じられている。そのため、あの城の正体は王子も分からないらしい。親指姫と雪の女王は知っているようだが、王子も教えてもらえなかったという話だ。

物語管理局で暮らし始めて一週間。

私のことを誰よりも気遣ってくれているのが、指導係でもある王子である。

「やあ、カーレン。早かったね」

王子の声は心地良い。

いつ聞いても、気持ちの良い音楽のようだ。

「二冊とも面白かったので、あっという間に読んでしまいました」

「何か良いアイデアは浮かんだかい？」

「すみません。まだ見当もつきません。今回も王子のサポートがあって良かったです」

「僕も君が一緒で心強いよ。普段の任務は一人だからね」

「対処が難しい物語でも、複数の物語管理官が割り当てられることはないんですか？」

「救わなければいけない物語が山ほどある。物語管理官の人数も限られているし、特別な事情がない限り、任務に当たる管理官は一人だよ」

つまり、一人前と認められた暁には、私も一人で仕事をこなさなければならないということか。

まだ先の話になるだろうが、想像するだけで少し怖い。

「任務の相談を始める前に、一つ、質問しても良いでしょうか」

「どうぞ」

「ずっと気になっていたんですけど、王子は何の物語の【王子】なんですか？」

今週、私は何度も図書館に足を運び、主に王子が登場する本を読んできた。

物語の結末は作家のさじ加減で幾らでも変わる。手に取った作品の中だけでも、悲しい結末を迎えた王子が沢山いた。王子が幸せになれなかった物語なんて、それこそ世の中に無数に存在しているに違いない。

指導係の王子は、とても素敵な人だ。尊敬に値する人物でもある。だからこそ、私は彼が一体どんな傷を負って、この城へやって来たのか知りたかった。

「王子の物語の鍵は、もう現れたんですか？」

その首が静かに横に振られた。

「まだだよ。一度も現れていない」

「そっか。王子もまだ救われていないんですね。あの、その物語の名前は……」

「気になるかい？」

「はい。知りたいです」

「カーレン。僕は聞かれたことには何でも答えたいと思っている。ただ、僕自身の正体についてだけは別だ。自らの鍵が現れるまで秘密にしておきたい」

特に気にしていないなら、自分から名前を教えてくれるはずだ。今日まで話題にしてこないということは、単純に話したくないのかもしれない。薄々そう気付いてはいたけれど、いざ、はっきり断られると悲しかった。

「誤解しないでくれ。君に意地悪をしたいわけじゃない。僕は、僕の正体を、今まで誰にも話していないんだ。知っているのは親指姫と雪の女王だけさ」

私が落胆の表情を浮かべたからか、王子はフォローするようにそう言った。

ほかの人にも話していないから、君にも教えない。言っていることは分かる。ただ、それは、王子にとって、私もその他大勢の一人に過ぎないという意味でもある。

彼が話したくないことを無理矢理聞き出すつもりはない。

でも、少しだけ、ほんの少しだけ、やっぱり寂しかった。


裸の王様は物語管理局で料理長として働いている。

『マッチ売りの少女』を救った後、お祝いだと言って、王様はエイブルスキーバーというパンケーキのようなお菓子を食べさせてくれた。イチゴやラズベリーのジャムがかかった球形のそれは、甘くて、食感も良くて、頬が落ちるくらいに美味しかった。王様が作る定番のお菓子で、城内にもファンが多いらしい。

厨房で会う王様はいつでも偉そうだが、彼は決して傲慢な人間でも、厳しいだけの人間でもない。

「一言で幸せになれなかったと言っても、哀しみの形は人それぞれだ。僕や君のように、悲劇の結末が外見では分からない場合も多い。ただ、城の中には、はっきりと特徴として表れている者もいる。王様はその典型かもしれないね」

王子が開けたドアの隙間から、厨房の中を覗く。

「火が弱い！　もっと情熱的に燃やせ！　熱さは美味さだ！」

部屋の中央で、上半身裸の王様が仁王立ちで指示を出している。彼が裸なのは、昂ぶるあまり服を脱いだからでも、鍛え抜かれた筋骨隆々の身体を見せつけたいからでもない。あれは物語の結末に導かれた姿だ。

「王様は今日も元気だね」

王子が小さく笑う。

「いつもあんな感じですよね。物語の印象と違うので不思議です」

「お洒落は均整の取れた身体から。それが王様の信条らしい。贅肉のついた身体では、せっかくの服も映えない。だから、夜な夜なトレーニングに励んでいるんだ」

「努力家なんですね。料理もいつも美味しいもんなぁ。王様だったのに、皆のために一生懸命働くなんて、普通出来ることじゃないと思います」

「素直な人なのさ。王様は自分が裸だと知った後も、町の人々に笑われていると気付いた後も、最後まで胸を張って、誇り高く行進を続けている。ペテン師に騙され、一度は自分を守る嘘をついただろう。だけど、それでも、彼は為政者なんだ」

王様たちに気付かれないよう、王子はそっと扉を閉めた。

「物語の鍵が現れたことを伝えなくて良いんですか？」

「一度、救出に失敗している物語だ。期待させて万が一ということもある。そうならないためにも、今はまだ告げずに、僕らは管理官としての務めを全力で果たそう」

パレードが始まる前にペテン師のいかさまを暴くというやり方は、前任者が試して、失敗している。ならば、彼らが王宮で機織りを始める前に、詐欺師だと告発すれば良いのではないだろうか。

私のシンプルな提案は、王子によって即座に却下された。

馬鹿には見えない服を王様が着る。そこを変えてしまったら、この物語が『裸の王様』ではなくなってしまうからだ。

物語管理官というのは、知れば知るほど難しい仕事である。

「王宮に乗り込むという着眼点は良いと思う。今回、僕らが救うのは町娘じゃない。王様に近付くことが最初の目標になる」

「そうなんですよね。ただ警備兵がいるでしょうし、侵入は簡単ではないと思います」

「一つ、作戦を考えてきた。物語に持ち込めるのは、僕らが身につけているものだけ。裏を返せば、身につけているものであれば、何でも持ち込めるということでもある。王様は一時間に一回着替えるような、極度のお洒落好きだ。彼の興味を引く衣装を用意して、行商人として堂々と正面から乗り込もう」

物語の鍵には三日という使用期限がある。永遠に作戦を考えていられるわけじゃない。まずは王宮の中に居場所を確保し、王様の様子を観察しながら、解決策を考える。

それが王子の提案だった。

『裸の王様』は一日の出来事ではない。ペテン師たちは時間をかけて、少しずつ王様から金銭を引き出していくからだ。

物語ではパレードが始まる前に、馬鹿には見えない服の噂が町中に広まっていた。

王様がペテン師を王宮に迎え入れてからも、確実に何日かの猶予があるのである。

方針が決まったなら、善は急げだ。

洋裁師のマリーに協力を打診し、持ち込むための衣装を三日間で作れるだけ作ってもらうことにした。

王子のためならと、快く引き受けてくれたマリーは、ほとんど寝ずに、何と十着も完成させてくれた。

冒険の間で時空の扉を召喚し、王子と手分けして着込んでいく。

余分な服を五着も着たら、身動きするのも難しくなるが、大した問題ではない。物語の世界に入れば、すぐに脱いでしまえるからだ。

着膨れした、お互い笑ってしまうような不格好な姿で、再び手を繋ぐ。

それから、私たちは『裸の王様』の世界へと飛び込んだ。

10

抜けるように青い空が、何処までも広がっている。

次の舞台は、最初の冒険とは打って変わって陽気な南国だった。

『マッチ売りの少女』は真冬の物語だったが、今回は夏である。舞台が王都ということもあり、街の華やかさも段違いだ。

アンデルセンという作家はデンマーク人らしいが、原典の『ルカノール伯爵』を書いたのはスペイン人である。きっと、原典を踏襲して、『裸の王様』の舞台には、南欧が選ばれたのだろう。

城壁をくぐり、大通りを王宮に向かって歩いていたら、王子に腕を引っ張られた。

「カーレン、あの二人を見てくれ」

王子が指差した先に、賑やかな広場があった。勢いよく飛び出す噴水の前で、髭を生やした二人の男が、群衆を集めて何か売っている。

「これは万病に効くアラブの塩です！　さあ、皆さん！　早い者勝ちですよ！」

疑うことを知らない人々が、我先に商品に群がっていた。

「万病に効く薬なんて、『裸の王様』の世界には存在しない」

「じゃあ、あの二人がペテン師ですか？」

「後ろの杭に繋がれている馬が、絹織物を積んでいる。彼らに間違いないだろうね。ここでの商売が終わったら、あれを王宮に売り込みに行くはずだ。尾行しよう」

私たちがマリーに作ってもらったのは、世界各国の民族衣装だ。

鮮やかな色彩と模様が特徴のケンテ、黒い上着と銀の装飾が映えるチャロ、縫い目のない一枚の布で作られたサリー、前開きで風通しの良いカフタン、アオザイにカンガ、キルト、ポンチョ、デール、そして、アットゥシ。

その国で暮らす人々のことを知らなくても、民族衣装は見ているだけで楽しい。

この服を着たら似合うのは誰だろう。そんな想像をするだけでわくわくする。私でもそうなのだから、服が大好きな王様なら、なおのことそうに違いない。

行商人の兄妹を名乗り、王様に謁見する。それから、ペテン師たちと同じように王宮に一室もらえれば、王様との繋がりを作るという最初の目標は達成だ。

物語の進展を間近で観察しながら、じっくりと作戦を練ることが出来る。


「こんな服は見たことがない！　すべて買い上げよ！」

各国の民族衣装を王子が紹介し終わるより早く、王様は玉座から立ち上がり、興奮気味に早口でまくしたてた。

「王様、大変ありがたいお話です。しかし、まずは着てみて下さい！　あいにくサリーとアオザイは女性用ですが、残りの八着はすべて王様に似合うかと」

「これは困った。困ったぞ！　どれから着たら良いか！」

「カフタンは風通しが良いですが、身体を覆う部分が多いので、強い日差しから皮膚を守ってくれます。この国の気候に最適かと。こちらのケンテは多少暑いかもしれませんが、カラフルで貫禄がありますので、王様のような立派な男性には特にお薦めです」

饒舌に、よどみなく、王子は服の特徴を説明していく。

「駄目だ。選べない。我慢出来ない。全部、買おう。買ってから考えよう。そうだ。女性用の二着も買わせてくれ！　私のコレクションに加えたいのだ！」

「しかし、まだ値段をお伝えしていませんが」

「幾らでも構わない！　この機会を逃したら、こんなに面白い服、二度と買えないかもしれないではないか！」

王様に促され、眼鏡をかけた財務大臣が私たちに歩み寄った。

「我が主がこう仰っています。ぜひ、購入させて下さい」

私だけに分かるようにウインクをしてから、王子は恭しく頭を下げ、片膝をついた。

「王様にお願いがございます」

「何でも言ってみるがいい」

「過分なお褒めの言葉を頂き、私も妹も感動しております。行商を生業《なりわい》として二年。様々な伝統衣装を販売してきましたが、異文化にここまで理解のある方は、王様が初めてです。凡夫は初見での理解に、膨大な時間を要します。しかし、王様は一目で価値を見抜かれました。あなたよりセンスのある方を、私たちはほかに知りません」

「私は服が何よりも好きなのだ。新しい服、美しい服を、いつでも求めている。お願いというのは何だ？」

「妹と二人、しばらく王宮に留まらせて頂けないでしょうか。ここを拠点に交易が出来れば、入手した新作を最初にお持ち出来ます。素晴らしい審美眼をお持ちの王様に、誰よりも早く見て頂きたいのです！」

王子の言葉を聞き、王様は恍惚の表情を浮かべた。

王様は新しい服を見せるためでないと、外出すら嫌がる人間だ。

その執着を家族に呆れられたこともあるだろう。臣下に浪費を咎められたことだってあるかもしれない。

そんな日々の中に、自分の趣味を理解し、絶賛する人間が現れたのだ。その心を想像するのは難しくない。

王様は満足そうに頷き、私たちを王族用の客間に通すよう大臣に指示を与えた。

これで最初の目的、王宮への潜入は達成された。

とはいえ、本題はここからである。

既にペテン師たちも王宮に留まることを許されている。彼らが例の服を完成させる前に、いや、彼らがお金を巻き上げるだけ巻き上げ、馬鹿には見えない服が完成したと言い出す前に、解決策を見つけなければならない。


機織り師を自称する二人のペテン師たち、そして、行商人の兄妹を名乗る王子と私。

二組の偽者の商人を、王様は国賓として歓迎した。

新しい服に並々ならぬ執着を見せる王様に、大臣たちは困り顔である。しかし、ここは君主制国家だ。王様が赤と言えば、空の色すら赤になる。

オリーブとレモンの木々が立ち並ぶ庭の一角で青空を眺めていたら、朝から町の様子を見に行っていた王子が帰ってきた。

「その子と仲良しになったみたいだね」

この国には動物が多い。

王宮も例外ではなく、猫がいたるところにたむろしている。

「食べ切れなかったパンをあげたら、完全に懐かれてしまいました」

真っ白な長毛種の猫が、今日も膝の下でくつろいでいる。

本当に、猫というのは何て可愛い生き物なのだろう。

最上級のもてなしを受け、私たちは悠々自適の王宮生活を送っている。考察を巡らす時間も余裕もたっぷりあるのに、解決策は未だ見つかっておらず、猫との絆ばかりが深まっていく。

ベッドはふかふかだし、食べ物は美味しいし、正直、気が抜けてしまいそうなほど快適だ。

しかし、忘れてはいけない。私たちは物語管理官である。

「二つ、報告があります。行事予定を大臣に確認しました。四日後に王都でのパレードが計画されているそうです。今月、大々的な行事はほかにないとのことでしたので、恐らくそこがクライマックスの舞台ではないかと」

「つまり残された時間は四日間ということか。ペテン師たちが服を完成させるのは、当日の朝だったよね」

「はい。そのはずです」

彼らは限界までお金を引き出すために、服の完成を舌先三寸で先延ばしにする。それが王様のものになるのは、パレード当日だ。

「もう一つの報告は？」

「王様の指示を受けて、大臣が製作の進捗を確認に行きました。当然、見えるはずがありませんので、嘘の報告をした大臣は、しょげています。順調と言う表現が正しいかは分かりませんが、世界は物語通りに進んでいます」

二人の機織り師に続き、異国の行商人が王宮にやって来る。それは、本来の物語と異なる展開だ。私たちの介入が原因で、物語が変わっていくことも考えられたが、今のところ目立った変化はない。

「王子は何か思いつきましたか？」

「町の様子を観察して、方向性が見えたよ」

猫の顎を撫でながら、王子は私の隣に座った。

「王様は想像していた以上に、国民の注目を浴びている。機織り師が王宮に滞在してから、まだ三日しか経っていないのに、もう馬鹿には見えない服の噂が広まっていた。王様の服好きは、国民の誰もが知っている有名な話なんだろう。新しい服を人々に見せびらかしたくて、わざわざ出掛けることもあるみたいだしね」

「国民は呆れていますか？」

「どちらかと言えば、面白がっているという印象かな。王様は服を購入する際、金に糸目をつけない。国庫の財源を無駄遣いしているとも言えるわけだけど、所詮は服だ。この国の経済状態は良好で、人々の暮らしも豊かだった。王様の服にかける情熱は行き過ぎだが、国民としても笑って見ていられるレベルの話なんだろう」

「つまり、人々がパレードを見守っていたのは、浪費家の王様を弾劾したかったからではなく、新しい服に興味津々だったからということでしょうか？」

「午前の調査で、そういうことだと確信したよ」

馬鹿には見えない服が本当にあるなら、私だって見てみたい。自分が愚か者なのか、そうではないのか、怖いけれど見極める試金石になる。

「王様が国民に疎まれているなら、パレードに介入して、クライマックスの舞台を変えようと思っていた。最初から偏った見方をしている人々の心を動かすのは、至難の業だからね。だけど、国民は王様の新しい服を楽しみにしている。余計な手を加える必要はないだろう」

物語ではパレードがしばらく滞りなく続く。王様は裸だが、家来たちと同様、民衆もまた、服が見えている振りをするからである。

「タイムリミットは町の子どもが、『王様は裸だ！』と叫ぶ時だ。パレード開始からその告発がなされるまでの時間。そこに、この物語を変えるためのチャンスがある。さあ、一緒に考えよう。王様の運命を変えるには、どうすれば良い？」

11

運命のパレードは、私たちが王様に国賓として迎えられてから、丁度、一週間後にやってきた。

大胆不敵なペテン師たちは、自分たちの仕事振りを見せつけるように、いつも作業部屋の扉を開け放っている。

昨日も沢山の蠟燭《ろうそく》をつけて灯りを確保し、一晩中、忙しなく働いていた。いや、働く振りをしていた。大きなハサミで宙を切り、糸の通っていない針を動かし、あたかもそこに服があるかのように、朝まで演技を続けていた。

私たちが苦労しているのは、あの二人のせいである。

真実をぶちまけずに我慢出来た理由は一つ、私が物語管理官だからだ。

悪を暴いて正義の味方になる必要などない。物語の中で不幸に終わった登場人物を、幸せにすること。それが、唯一にして絶対の目的だ。


「見事でございます！」

「お綺麗です！」

「何と美しい服なのでしょう！」

ペテン師たちが完成した服を王様に着せる振りをすると、家来たちは口々に衣装を褒めちぎった。

「この服に使った布は、まるで蜘蛛《くも》の巣のように軽いのです。ですから何も着ていないように感じるかもしれません。それもこの服の素晴らしい特徴の一つです！」

白々しいことを。王様の上半身は裸だ。

滑稽この上ないのに、誰も彼もが馬鹿だと思われたくなくて、真実を口にしない。

「さあ！　この素晴らしい服を国民にも見せてあげましょう！」

「お待ち下さい！」

馬車の待つ正面玄関に歩き出した王様の前に進み出る。

「カーレンではないか。どうした？　お主たちが取り寄せていた服も届いたのか？」

「いえ、手配中の新作はまだ届いておりません。ですが、一つだけ先に送ってもらいました。この世に二つとない珍しいアクセサリーです」

「何と！　それはどんな物なのだ」

「王様が今、お召しになっている服があれば、愚かな臣下を見分けることが出来るでしょう。愚か者を家来から弾くのは大切なことですが、賢く勇敢な家来を傍に置くことも、同じだけ重要ではありませんか？」

「うむ。その通りだ」

「これは南方の島国から取り寄せた世にも珍しい【賢者と勇者のブレスレット】です」

大袈裟に包装した小箱を、王様の前で開く。

「高価な宝石が使われているわけではありませんが、このブレスレットは身につけた者が潜在的に持っている能力を、十全に引き出すことが出来るそうです」

「能力というのは何だ？」

「ずばり知恵と勇気です」

「だから賢者と勇者か！」

「はい。このブレスレットを身につけた人間は、凡人には気付けない些細なことまで見通せるようになり、同時に、勇気まで湧いてくるそうです」

「何と不思議なアクセサリーだ！」

「本日のパレードを町中の人々が楽しみにしています。この機会に身につけてみるのはいかがでしょうか？　王様ならこのブレスレットの効果を実感出来るに違いありません。民の中にも優秀な人間はいるはずです。パレード中に見つけた賢人を重用すれば、王国の体制は盤石なものとなるでしょう」

二色の宝石が交互に編み込まれたブレスレットを、王様の手首にはめる。街で購入した安い宝石を使い、私が自作した物だが、幸いにも拙さで気付かれることはなかった。

「よくお似合いです」

「うむ。綺麗だ！　心なしか頭が軽くなったような気がする」

満足そうに王様が笑い、財務大臣が進み出てきた。

「カーレン様。お代は？」

「いりません。王宮に置いて頂いていることへの、ほんのお礼です」

「しかし、あの者たちには、たんまりと褒美を……」

大臣が見つめた先に、帰り支度を始めているペテン師たちがいた。

彼らは既に金を巻き上げるだけ巻き上げている。一刻も早く、ここを立ち去りたいことだろう。

「これは王様にこそふさわしいと、兄から渡された物です。お代など受け取れません」

「おお。そう言えば、カーレン殿の兄上はどちらに？」

「虹を作ると申しておりました」

「……虹？　雨上がりに出来るあの虹を作るのか？」

「兄は東洋で神秘の技を学んでいます。今日は新作の衣装を国民に披露する素晴らしい日。兄は記念すべきパレードの道中に、ぜひとも虹をかけたいと」

「それは楽しみだ」

「はい。ご期待下さい。そうだ。王様、出発の前に、もう一つ、よろしいでしょうか。出来れば、内緒でお伺いしたいことがあるのですが」

「我々の仲ではないか。何でも申せ」

「それでは、恥ずかしながら」

上機嫌な王様の耳に口を寄せ、小声で、それを告げる。

賽《さい》は投げられた。

さあ、勝負は、ここからだ。

12

パレードは貴族や富裕層が集まる城下町エリアから始まった。

本来の物語と同様、誰一人、王様が裸であることを指摘する者はいない。

「何て立派な服だ！」

「たとえようもなく似合っている！」

「あんなに立派な服は、なかなか見られるものじゃないぞ！」

沿道の人々は、聞いているこちらまで恥ずかしくなるような声を上げていた。皆、自分だけが馬鹿だとは思われたくないのだ。

王様の勇姿を見せつけるように、パレードはゆっくりと進んでいく。

裏路地を駆け抜け、王子との待ち合わせ場所へと急いだ。

城壁を抜ければ、一般市民が住むエリアだ。本日のパレードは城壁の外にまで及び、広大な市街地をぐるりと一周する。

例の子どもが何処に住んでいるのか、誰なのかは、パレード当日になっても分からなかった。手がかりが少な過ぎて特定が不可能だったからである。

ただ、調査で推測出来たこともある。それは、貴族や富裕層が暮らす城下町を行進している間は、つまり、あの城壁を越えるまでは、何も起こらないということだ。

『裸の王様』の原典『ルカノール伯爵』では、王の馬の世話をしていた黒人が、最後の真実を告げる。現在、王宮で馬の世話をしている者は、全員、城壁の外に住んでいた。

その物語を踏襲しているのだから、『裸の王様』で重要な役目を果たす子どもも城壁の外に住んでいるはずだ。城下町を行進している間は安全である。だが、あの壁を越えれば、いつ物語のクライマックスが始まってしまうか分からない。

「王子！　お待たせしました！」

城壁の階段を駆け上がり、屋上にいた王子と合流する。

「歓声が迫っている。間に合わないのではと心配したよ」

「遅れてすみません。裏通りまで思った以上に混雑していて」

「それだけ王様が国民に愛されているということだね。パレードがここまで注目を浴びているとは、僕も思わなかった」

往来には人が溢れている。大通りの両脇の建物からは、あらゆる窓から人々が顔を出し、旗を振りながら王様の到着を待ちわびていた。

「もうすぐ行列があの角を曲がってきます。こちらの状況はどうなっていますか？」

「予定通りだよ。壁の上から水を撒いて、パレードの先に虹を作る。階下に集まった人たちには説明済みだ」

屋上には水がいっぱいに汲まれたバケツが、二十個ほど並んでいる。

その時、大歓声が上がり、正面の道路に王様の行列が現れた。

遠目でも王様の上半身が裸なのは分かる。しかし、やはり城下町の住民たちは、誰一人それを指摘しない。皆がわけ知り顔で新作の服を褒めちぎっている。

行列が城門に向かって来るのを確認してから、王子と共に、バケツの水を城門の外側に向かって撒いていった。

虹とは空気中の水滴が太陽光を反射し、色とりどりの光を生み出す現象だ。太陽は行列の後方にあるから、ここで水を撒けば、王様たちは虹を確認出来るはずである。

とはいえ、明らかに水量が足りていない。城壁の上からはプリズムの反射が確認出来たが、パレードを続けている王様たちから虹が見えているかは分からなかった。

空気中に虹を作り、パレードを祝福するという案は、恐らく失敗だ。

「カーレン。準備は良いかい」

「はい。大丈夫です」

私たちは行進の先に、祝福の虹をかけることが出来なかった。だけど、そんなことは大した問題じゃない。私たちは虹を作るという名目で水を散布したが、本当の目的は、パレードを彩ることじゃない。

「ああ！　しまった！」

わざとらしい声をあげてから、濡れた床に足を滑らせた王子が私にぶつかる。

不意打ちを受け、バランスを崩した振りをした私は、手に持ったバケツを、満杯の水が入っていたそれを、まさに城門を通ろうとしていた王様の上に、ぶちまけた。

一瞬で歓声と行進が止まる。

王様が、馬鹿には見えない服を着て群衆に手を振っていた王様が、びしょ濡れになってしまったからだ。

従者たちも、沿道を覆い尽くした人々も、窓から旗を振っていた貴族たちも、あまりの事態に固まってしまう。

「王様！　すみません！　手が滑ってしまいました！」

城壁の上から身を乗り出して叫ぶ。

「届いたばかりの新作があるので、今すぐ……」

そこから先は続けられなかった。王子に腕を強く引っ張られたからだ。

私を見つめ、王子は人差し指を自らの唇に当てる。

「あとは王様を信じよう」

屋上から下を確認すると、王様は私たちの方を見ていなかった。

びしょ濡れのまま、呆然とした眼差しで両手を広げ、自らの上半身を見つめている。

王様！　私の言葉を思い出して！

心の中で、誰にも聞こえない声で、叫ぶ。

王様は広げていた両手をゆっくりと自らの上半身に当てる。

そうだ。気付け！　そこにあるのは何だ？

パレードが始まる直前、私は王様にこう耳打ちしている。

「恥ずかしながら私は愚か者のようです。王様が着ている服が見えません。パレードが終わってからで良いので、どんな服なのか教えて欲しいです」


びしょ濡れの王様が、ゆっくりと顔を上げる。

城壁の上に立つ私と目が合い、王様は一度、静かにまぶたを閉じた。

それから、目を開けると同時に、王様は力強く左腕を掲げた。

その手首に、私がプレゼントした賢者と勇者のブレスレットがはめられている。世にも珍しい力を持つブレスレットを、王様は大いに喜んでいたけれど、本当は不思議な力なんて宿っていない。あれは名ばかりの、しかし、少しだけ勇気を与えてくれるはずのブレスレットだ。

「皆の者。聞いてくれ！」

王様は左手を掲げたまま馬車から降りると、前に進み出る。そして、

「私は裸だ！」

それが、告げられた。

王様を囲む家来たち、貴族たち、群衆たち、皆が一様に、動揺の色を見せている。誰もが固唾をのんで見守る中、

「私が着ているのは、馬鹿には見えぬ服ではない。むしろ、勇気を試す服だ！　だから、宣言する。王は裸だ！　私は裸の王様だ！」

掲げた左の拳をゆっくりと下ろし、王様は周囲の家来たちを見回す。

「それでも、私が着ている服が見えるという者があれば、言うがよい！　その時は、私が愚かな王であることを認めよう！」

誰一人として口を開く者はいなかった。

王様が着ている服が見える人間など、本当は、この世に一人もいないからだ。

ここに至り、皆が気付き始める。馬鹿には見えない服など存在しない。

すべて、人間の心の弱さにつけこんだペテン師たちの企みだったのだ。

「王様は裸だ！　何にも着ちゃいない！」

一際大きな声で、屋上から王子が叫ぶ。

「だが、我々の王様は勇者だ！　ペテン師の詐欺を最初に見破った賢者だ！」

群衆の視線を一身に集めて、王子は拳を突き上げる。

「そうだ！　詐欺師の嘘に、王様だけが気付いたんだ！」

私も声を張り上げて、その後に続く。

物語には潮目というものがある。変わり身なんて早ければ早い方が良い。

「我々の王様は勇者だ！　いや賢者だ！」

真っ先に私たちの後に続いたのは、従者としてお供していた大臣だった。

「王様万歳！」

「王様！　王様！」

「王様万歳！　王様万歳！」

喝采は家来から貴族に伝播し、群衆にも広がっていく。止まってしまった行進の中心に立つ裸の王様に向かい、人々は拳を突き上げていた。

隣を見ると、穏やかな微笑を浮かべて、王子が王様を見つめていた。その瞳に、また涙が滲んでいる。

『マッチ売りの少女』と『裸の王様』では、哀しみの質が違う。命の危機にあった少女と、恥をかいてしまうだけの王様。二人が経験した不幸には、雲泥の差がある。私はそんな風に考えていたけれど、王子は違うのだ。

誰の、どんな物語であっても、関係ない。いつだって全力で任務に向かうし、成功すれば、分け隔てなく、心から喜べる。そういう人なのだ。

「もう大丈夫だね」

「はい。そう思います」

王様は自らの勇気で偽りを暴いた。従者、貴族、群衆、誰にも出来なかったことを、最初にやってのけたのだ。

傍に居た大臣が王様にマントをかけようとしたが、王様はそれを笑顔で断った。濡れた髪をかき上げ、自信に満ちた眼差しで、馬車に乗る。

「王たる者は始めたことを最後までやり遂げねばならない」

それから、王様はこれまで以上に胸を張り、家来たちに告げる。

「皆がパレードを楽しみにしている！　さあ、行こう！　最後までやり遂げるのだ！」

王様がそれを告げると、槍を持って傍に仕えていた家来が、上半身の鎧を脱いだ。彼に倣うように、次々とほかの家来たちも上半身の鎧を脱いでいく。

「今日は暑いからな。鍛え抜かれた身体を、国民に見せようぞ！」

そうだった。お洒落は均整の取れた身体から。それが王様の信条だ。

『裸の王様』では、子どもが真実を暴いた後も、パレードが続く。

この結末は物語と同じである。だが、行進を続ける一行の表情は、以前の物語とは百八十度違うはずだ。

この後、市街地に出れば、「王様は裸だ！」と叫ぶ子どもに出会うかもしれない。けれど、きっと、もう大丈夫。

ここにはもう笑いものになる王様などいない。

誰もが勇気を奮えない中、最初に声をあげた勇敢な賢者。それが、私たちの知る裸の王様だからだ。

13

物語管理局に戻り、厨房に向かうと、大きく前を開けたカフタンを羽織った王様が待っていた。物語の中で王様に売った一着だが、あんなに前は開いていなかったはずだ。鍛え抜かれた腹筋を見せるために、自分で改造したんだろうか。

「王子！　カーレン！　新しい任務は私の物語だったらしいな！」

満面の笑みを浮かべて、王様は握手を求めてきた。

「お陰で、こっちの世界でもお洒落が出来るようになったぞ！」

良かった。私たちが導いたあの結末で、王様は今度こそ幸せになれたのだ。

痛いくらいの強さで王子と私を抱き締めた後、王様はいつも以上の気合いで、料理を振る舞ってくれた。

「熱さは美味さだからな！　冷めないうちに食べなさい！」

そんなことを叫びながら、王様は熱々の料理を次から次に作り、もう食べ切れないと伝えても、運ばれてくる料理が途切れることはなかった。

満腹で歩くのもつらかったけれど、自室に戻る前に、図書館に寄ってみた。もちろん、私自身の物語、『赤い靴』を借りるためである。

私たちは『裸の王様』の世界で一週間という時を過ごした。誰かが単に記録に残すことを忘れて借りていっただけであれば、そろそろ返却されているはずである。

しかし、期待に反して、今回も無駄足に終わってしまった。

やはり意図的に無断で持ち出されたのだろうか。

でも、誰が、何のために、そんなことを……。

私は私が何者なのか、早く知りたい。叶うなら、王子の物語も知りたい。

ここでの生活にも慣れてきたが、本当に知りたいことばかりが謎のままだった。


翌日、王子と共に親指姫に呼ばれた。

天空の間に入ると、いつものように侍女を務める少女の膝に乗り、姫が待っていた。

今日まで気付かなかったけれど、少女がはいている派手なフリルがついたスカートは、床に着きそうなほど長い。車椅子の車輪に巻き込まれないか心配である。

「カーレン。今回の任務では大活躍でしたね」

「王子が目指すべき方向を定めてくれたお陰です。私一人だったら、いつまでも指針を決められず、途方に暮れていたと思います」

「いや、君はもっと誇って良い。王様を救うためのアイデアは、すべて君が考えたものじゃないか」

「今回、託した物語は、シンプルであるがゆえに難易度の高いものです。だからこそ試験になると思っていました。王子。カーレンを【地下劇場】に案内しましたか？」

「いえ、まだです。ほかの管理官から学ぶのは、彼女が壁にぶつかってからで良いと思っていたので」

「地下に劇場があるんですか？」

初耳だった。城の中央を貫く螺旋階段は一階から始まっている。地下があることすら知らなかった。

「この城は変わり者の雪の女王が造った建物だからね。住民に親切とは言えない設計の部屋が幾つかある。地下劇場の入口は薔薇園の一角にあるんだ。ちょっとした仕掛けもあるから、誰かに教えてもらわないと見つけられない」

「地下劇場は物語管理官の仕事を確認するための部屋です。管理官が飛び込んでいる世界の出来事を覗けるんです。王子が付いていても絶対はありません。王様のためにも二度目の失敗を許すわけにはいきませんでしたから、万が一に備え、地下劇場であなたたちの仕事を見守っていました」

まさか姫に任務を見られていたとは。

「万が一に備えてというのは、どういうことですか？　時空の扉をくぐれるのは、行きと帰りで、それぞれ一度だけですよね？」

「雪の女王の力を借りれば、地下劇場からも物語の中に入ることが出来るんだ。僕も一度、失敗したことがあってね。その時は指導係だった親指姫に助けてもらった」

「あの頃の王子は、今よりやんちゃでしたから」

「勇敢だったと言って下さい」

楽しそうに昔話をする二人を見ているだけで、胸が熱くなった。

頼りになる王子も、最初から万能だったわけじゃない。皆、与えられた仕事をこなしながら、成長していくのだろう。

「今回の働きを見て、カーレンなら今後も立派に任務をこなせると確信しました。あなたを正式に物語管理官に任命します」

やった！

ついに私も！

「ありがとうございます！　嬉しいです！　頑張ります！」

早口で告げると、隣で王子も嬉しそうに頷いてくれた。

「あ、でも、まだちょっぴり不安です。次の仕事から一人ということですよね？」

「君なら大丈夫だよ。指導係として僕が保証する」

私は今でも過去の出来事を何一つ思い出せていない。『赤い靴』を履いた女の子が、どんな物語を生きた少女なのかも知らない。

正直、自らが経験した不幸が分からないというのは、とても怖いことだ。

それでも、これまでの働きを認められたことが誇らしかった。

ここで、誰かのために頑張れることが、何よりも嬉しかった。

14

新しい物語の鍵が現れるまで、物語管理官の仕事はない。

次の任務が今日なのか、明日なのか、一週間後なのか、私たちに知る術《すべ》はない。現れた鍵を親指姫と雪の女王が誰に託すかも分からないからだ。

一週間振りの自由時間である。

物語管理局の敷地を散策しつつ、住人たちに二つの話題を振ってみることにした。

一つは、『赤い靴』を読んだことがあるか。もう一つは、『王子』の物語を知っているかである。

この城には現在、二百人弱が暮らしているという。もちろん、人間ばかりじゃない。妖精や天使、動物に植物、種族は様々だ。

まだ会ったことのない人も沢山いるけれど、日々、知り合いは増えている。誰かしら『赤い靴』を読んでいると思ったのに、知っている人を一人も見つけられなかった。私の物語は有名ではないのかもしれない。

王子は今朝、早くも新しい鍵を託され、物語の世界に旅立っていった。

次の任務は『空飛《そらと》ぶトランク』なるお話だという。

ゆっくり休み、息抜きするようにと言われたけれど、王子の仕事はどうしたって気になる。図書館で作品を確認してみることにした。


『空飛ぶトランク』の主人公は、とある裕福な商人の息子である。父が亡くなり、すべてを相続するが、浪費家の彼は、あっという間に財産を使い果たしてしまう。

途方に暮れた主人公に、親切な友人がトランクをプレゼントする。

入れられる物がなかった主人公が自分で入ってみると、それは世にも不思議なトランクで、錠前を押すと、空に飛び出して行った。

トルコにやって来た主人公は、城の最上階で寂しく暮らしている姫の話を聞く。

姫は将来の結婚相手によって不幸になると予言されており、王様が民衆から引き離していたのだ。

トランクに乗り、姫に会いに行った主人公は、巧みな話術で彼女と王様の心を動かし、求婚に成功する。

しかし、婚礼の儀で物語が暗転する。

自らの結婚を祝福するため、主人公は買い込んだ花火をトランクに詰めて打ち上げるのだが、そのせいで空飛ぶトランクが燃え、灰になってしまったのだ。

姫に会いに行けなくなった主人公は別の国へと旅立ち、姫はいつまでも、たった一人、屋根の上で婚約者が帰って来るのを待ち続けるのである。


『空飛ぶトランク』には悪役がいない。終盤で発生する問題も、主人公の軽率な行動が原因だ。簡単に防げる失敗だし、救出対象である主人公と姫の心も通じ合っている。経験豊富な王子であれば問題なく任務を成功させるに違いない。

最近、部屋で一人きりになると、王子のことばかり考えてしまう。

城内を一緒に歩いていると、王子はことあるごとに話しかけられる。そして、そんな時、皆は大抵、ちょっとした頼み事を王子にする。自分でもどうにか出来るが、手を貸してもらえたら嬉しい。そんな用件が多いのは、きっと、それが話しかけるための口実に過ぎないからだ。

彼らの気持ちは、私にもよく分かる。王子はいつも笑顔で、分け隔てなく周囲に関心を示し、相手の心を理解しようと努めている。どんな些細な問題にも真剣に向き合い、解決すると、太陽みたいな笑みを浮かべて、相談者と一緒に喜ぶ。そういう陽だまりみたいな人だから、あんなにも愛されているのだろう。

だけど、城の中に王子の正体を知っている人はいなかった。王子自身が話していたように、誰にもそれを明かしていないのだ。


『裸の王様』の世界から戻って来て、五日が経ったその日。

ついに親指姫から新しい鍵を渡された。

「カーレン。独り立ちしたあなたに託す最初の仕事です」

基本的に、物語管理官は鍵を渡されてから図書館に出向き、任務先の物語を確認する。しかし、今日は侍女の少女が本を用意してくれていた。

彼女は移動手段が車椅子だから、螺旋階段を使えない。ただ、居住区である西棟の奥には緩やかな螺旋スロープがあり、車椅子の少女やアヒル君のように、階段の上り下りが難しい者たちは、そちらを使っている。

メイド服姿の彼女は、いつ会っても無口、無表情で、私はその声を聞いたことがない。質問するのも憚られて、彼女が生きた作品についても知らなかった。

「次の物語は『人魚姫《にんぎょひめ》』と言うんですね」

「はい。読んだことがありますか？」

「いいえ。敷地内で人魚に会ったこともありません」

城の西には美しい湖畔がある。私の部屋からも眺めることが出来るが、それらしき人物を見かけた記憶もない。

「旅立つ前に話したいことがあったので、今日は本を用意しておきました。まずは、こちらを読んで下さい。それから、今回の任務について詳しく説明します」

天空の間の奥、緞帳の先にある親指姫の自室に案内される。

姫は身体が小さいが、部屋は私の自室と変わらないサイズだった。至る所に観葉植物が置かれているのは、葉っぱを梯子《はしご》代わりにするためだろうか。

「紅茶とお茶菓子を用意しましたので、ゆっくりと読書を楽しんで下さい」

「ありがとうございます。でも、これから任務で飛び込むとなると、純粋に楽しむのは難しいかもしれません」

渡された本は、これまでに飛び込んだ二つの物語よりも分厚い。当然、任務で求められる動きも複雑になるだろう。

甘い香りのする紅茶に口をつけてから、インクの匂いが香る『人魚姫』を開いた。


海の底に人魚の城があり、六人の姫たちが暮らしている。

主人公は末っ子の、とりわけ美しい人魚姫だ。彼女は物静かで、普段から空想にふけっており、地上の花と小鳥の話が大好きだった。

人魚は十五歳になると海上に出ることを許される。一人、また一人と、姉たちが出て行く度に、人魚姫は水の上の世界に思いを募らせていった。

そして、ついに十五歳の誕生日を迎える。

海上に顔を出すと、大きな船が浮かんでおり、近しい年頃の王子が目に入った。王子から目を離せなくなった人魚姫が船についていくと、物語が大きく動く。

嵐に見舞われ、王子が深い海に沈んでいったのだ。

人魚姫は荒れ狂う海の中で、意識を失った王子を救い出す。

それから、朝になって彼を森の前の白い砂浜まで運ぶのだが、そこで最初の悲劇が起こる。

聖堂の鐘が鳴り響き、大勢の若い女たちがやって来たため、人魚姫が慌てて岩陰に身を隠すと、そのタイミングで王子が目を覚ましてしまったのだ。王子は人魚姫に助けられたことに気付いておらず、目の前にいた若い娘を命の恩人と勘違いしてしまう。

人魚は腰から下が魚の尻尾になっているため、地上を歩けない。王子が建物の中に運び込まれてしまったら最後、会いに行く手段もない。

王子に恋をした人魚姫は、絶望に打ちひしがれ、やがて一つの決意をする。

海底の森に住む魔女に、人間にしてくれと頼むことにしたのだ。

魔女は魚の尻尾を人間の足に変える薬を作る代わりに、人魚姫の声を奪う。

代償はそれだけではなかった。人間のものに変わった足は、歩く度に死ぬほど痛むという。しかも、一度、人間になったら、もう人魚には戻れない。その上、王子がほかの女と結婚した場合は、翌朝、海の泡になって消えてしまうらしい。

恐るべき代償を聞いても人魚姫は迷わなかった。

愛する王子のため、薬を飲み、人間の足を手に入れて、人魚姫は王子に会いに行く。

王子には人魚姫の記憶がない。声を奪われているせいで、事情を説明することも出来なかったが、幸いにも王子は人魚姫を受け入れてくれた。

歩く度に足から血が流れる。

もう美しい声で歌うことも叶わない。

それでも、人魚姫は王子と一緒にいられるだけで幸せだった。それなのに……。

王子は浜辺で出会った少女のことを、神様に一生を捧げた人物だと理解していた。そのため、彼女と結ばれることを諦めていたが、実は彼女は隣国の姫であり、聖堂には教育を受けるために滞在していただけだったのである。

両王国の意向で彼女と再会を果たした王子は、即座に結婚を申し込む。

王子が別の女と結婚すれば、人魚姫は海の泡になってしまう。それを知った五人の姉たちは、自らの髪と引き換えに、魔女からナイフを譲り受ける。そのナイフで王子の心臓を刺し、あたたかな血を足にかければ、愛する妹が再び人魚に戻り、海の泡になって消えることもなくなるからだ。

もうすぐ夜が明ける。時間がない。

人魚姫は王子と花嫁が眠る寝室に入り、ナイフを手にする。

次の瞬間、王子が寝言で口にしたのは、人魚姫の名前ではなく花嫁の名前だった。

人魚姫が心から愛した王子は、最後まで別の女を求めていた。

すべてを悟った人魚姫は、王子の額にキスをし、ナイフを遠くに投げ捨て、海へと飛び込む。

そして、朝日を浴びながら、人魚姫は海の泡になる。

自分が何処に向かうのかも分からないまま、泡になった彼女は、バラ色の雲に乗って、空高く昇っていくのだった。


本を閉じた後で、私は自分が泣いていたことに気付いた。

とても、とても哀しい、あまりにも切ない物語だった。

何を得ることもないまま、哀しみの果てに、人魚姫は泡になった。

今日まで城の中で人魚姫と会ったことがなかったのも当然だ。まさか泡が哀しい物語の主人公だったなんて気付けるはずがない。

「お待たせしました。読み終わりました」

姿の見えない親指姫に呼びかけると、窓の前に置かれていた観葉植物の葉が、小さく揺れた。姫は葉っぱの上から湖を眺めていたらしい。

揺れる葉の反動を利用して、姫は床に降り立つ。リスのように機敏な動きだった。

「あれ、従者の方は?」

「車椅子の調子が悪いと嘆いていたので、雪の女王に会いに行かせました」

「女王は車椅子の修理も出来るんですね」

「ええ。あの子が乗っている車椅子は、女王が作ったものですから」

姫が床に立っていると、目線が合わず話しにくい。かがんで手の平を差し出すと、姫はにっこりと笑って、軽やかに飛び乗ってきた。

「『人魚姫』を読んだ感想を聞かせて下さい」

「心惹かれる物語でした。そして、自分でも不思議なんですが、何故か懐かしさのようなものを感じました」

「カーレン、あなたは人魚姫を幸せにする自信がありますか？」

「まだ物語を精査していないので、断言は出来ません。でも、最善を尽くします」

「この作品の悲劇は、王子が命の恩人を勘違いするところから始まります。そのシーンを修正するだけなら、それほど難しくはないでしょう。ただ、厄介なのは、二人の物語に沢山の登場人物が絡んでくる点です。魔女、五人の姉たち、隣国の姫、王子の家族に従者たち。人が多いということは、それだけ予期せぬ事態が発生する可能性も高いということです。これは新米管理官に与える任務ではないのかもしれません」

いつにも増して真剣な眼差しで、親指姫は私を見つめていた。

「今回の任務には、想像もしていない出来事が沢山起こるでしょう。もう一度、聞かせて下さい。何があっても最後まで諦めず、自らの仕事をまっとうすると誓いますか？」

「はい。誓います」

私は新人だ。自信があるかと問われても、胸を張って「はい」とは答えられなかった。だが、二つ目の質問は最後まで諦めずに任務をまっとうするかというものだった。ならば答えは簡単だ。

考える時間すら必要ない。

私が『人魚姫』を読み、流した涙は、きっと、心の声だ。

悲しい結末を迎えた彼女を、絶対に救ってみせる。

15

何度も精読し、登場人物と物語の流れを頭に入れていった。

人魚姫が恋に落ちなければ悲劇は起きない。ただ、王子との出会いは海で発生するから、人間である私に止める術はない。人魚姫と王子が結ばれる。素直に考えるなら、それが目指すべき目標になる。

ただ、これだけ複雑な物語だ。すべてが思い通りに進むとは考えない方が良い。臨機応変に対応出来るよう、解決策は複数準備するべきだろう。

物語への介入を始めれば、当然、ほかのキャラクターたちの動きも変わってくる。

海底の森に住む魔女は、特に危険な存在だ。魔女は人魚姫が訪ねる前から、その望みを知っていた。特異な力があるのは間違いない。人魚姫の声を奪うため、私の行動を妨害してくる可能性もある。隣国の姫の存在も厄介だ。

人魚姫は幼い頃から海上の世界に憧れていた。そして、最初に目にした名前も知らない男に、いきなり恋をしている。運命の出会いを果たしたというより、恋をすること自体が、彼女の目的だった印象だ。

では、彼女が王子と出会う前に、別の男と恋に落ちたらどうなるだろうか。序盤から物語に介入するのは賭けである。でも、この方針なら海の魔女と対立せずに済むはずだ。いいや、駄目だ。それでは物語の大前提が変わってしまう。何より、人魚姫自身の真の幸せを願うなら、やはり王子との……。

一晩かけて、私は救出計画をまとめていった。

物語は生きている。何処で、どう変化するか分からない。

油断せず、どんなトラブルが起きても冷静に対処しなければならない。

食堂で朝食をとり、物語管理官の制服に着替え、更衣室の鏡の前で気合いを入れる。

泡になった人魚姫を救うために、今回の任務は絶対に成功させなければならない。

気持ちを高めて冒険の間に向かうと、

「おはよう。カーレン」

銅の扉の前に、王子が立っていた。

「おはようございます。帰っていたんですね！」

「ああ。昨日の夜、無事に任務を終えて戻ることが出来たよ」

「立て続けのお仕事でしたし、疲れていませんか？」

「そうだね。でも、皆が笑ってくれたから、むしろ元気になったかな」

右足を引き、紳士のように一礼してから、王子は扉を開けてくれた。

「緊張するのも分かるけど、肩の力を抜いた方が良い。さ。どうぞ」

「ありがとうございます」

「あ。ちょっと待って」

王子の脇を抜けて冒険の間に入ろうとしたところで、呼び止められた。

「どうかしましたか？」

「姫に聞いたよ。これから君が救うのは『人魚姫』らしいね」

「はい。王子は読んだことがありますか？」

「ああ。一つ、気になることがあるんだ。鍵を見せてもらえるかい？」

「はい。これです」

親指姫から託された『人魚姫』の鍵を渡すと、王子は目を細めて、それを光に翳《かざ》した。何が気になるんだろう。私にはいつもの鍵に見えるが。

鍵を手にしたまま、王子は冒険の間に入り、困ったような顔で私を見つめた。

「カーレン。先に謝っておくよ。ごめんね」

「はあ。何がですか？」

それから、王子は私の問いには答えず、素早く銅の扉を閉めた。続けて、錠が落ちる音が聞こえる。

え。どういうこと？

「王子！　どうしたんですか？　私の声、聞こえますか？」

「もちろん、聞こえているよ」

良かった。

でも、じゃあ、これは……。


「旅立つ前に、君には話しておくよ。僕は『人魚姫』の王子だ」


一瞬、何を言われたのか、分からなかった。

「まさか姫が、新人の君に、この鍵を託すとはね」

向こうから錠を落とされてしまったせいで、扉はびくともしない。

「意味が分かりません。王子！　開けて下さい！」

「すまないが、それは出来ない。この鍵は僕が使う」

「でも、それは！」

「僕は自分の運命を他人任せにはしない。『人魚姫』の鍵が現れたなら、絶対に自分の手で結末を変えると決めていた」

「じゃあ、王子が自分の物語を皆に黙っていたのは……」

「僕の正体を知っていたなら、君も警戒して簡単に鍵を渡したりはしなかったはずだ」

目の前で起きている出来事なのに、にわかには信じられなかった。誰よりも誠実な王子が、私から物語の鍵を奪い、管理官としての禁忌を犯そうとしている。

落ち着け。考えろ。考えるんだ。

これが冗談でも、悪戯でもないなら、私のなすべきことは……。

「おかしいです。理屈が合いません。この物語の中で幸せになれなかったのは、主人公の人魚姫です。家族を失った五人の姉や人魚の王様もそうかもしれないけど、少なくとも王子は不幸になっていません。だって、愛する人と結ばれたじゃないですか！　物語管理局は幸せになれなかった者だけが辿り着く場所です。あなたが本当に『人魚姫』の王子なら、この城にいるはずがありません！」

答えが返ってこない。

「扉を開けて下さい！　あなたが『人魚姫』の王子だというのは、何かの間違いかも知れません！　私が親指姫に確かめますから、鍵を……」

「目に見えるものだけが悲劇じゃないということさ」

低い声で、王子はそう告げた。

「皆と同じように僕も記憶を失っている。親指姫に『人魚姫』の王子だと聞かされ、すべてを理解した時、愕然としたよ。僕は愚かな男だ。命の恩人に気付かず、存在しない奇跡に感謝して、別の女性と結ばれることを望んだんだからね。人魚姫は僕に会うため、故郷も、家族も、声も、人魚としての誇りも捨てた。死ぬほどの痛みに耐えて会いに来たのに、僕は彼女と過ごした時間をもってしても真実に気付けなかった。分かるかい？　人魚姫と結ばれなかったことは、王子にとって立派な悲劇なんだ」

「それは……そうなのかもしれません」

当事者の言葉を否定することは出来ない。実際、彼は物語管理局に召喚されている。

「でも、まだ納得出来ません。王子、扉を開けて下さい。一度、話し合いましょう！」

「カーレン。君は海の泡になった人魚姫だけを救おうとしていたはずだ。彼女の運命が変われば、家族も救われる。それで大団円だと考えていただろう？」

「その通りです。私は人魚姫を救うことに集中しようと思っていました。でも、王子の存在を忘れたわけじゃありません。彼女と王子が結ばれるように動くつもりでした」

「だが、物語の展開次第では、別の選択肢も考えたはずだ」

もしも人魚姫が別の誰かに恋をしたなら、王子と花嫁の運命を変えずに、悲劇を変えられる。選択肢の一つとして、そう考えていたのも事実だ。だけど、

「それは、王子の気持ちを聞く前の話です！　鍵を返して下さい！　王子はご自分がやろうとしていることがルール違反だと分かっているはずです！」

自分の物語に飛び込むことは、固く禁じられている。

雪の女王にもあれほど強く警告されていたじゃないか。

「君は何も悪くない。僕に鍵を奪われただけだ。姫と女王には、そう説明すると良い」

「待って下さい！　お願いします！　扉を開けて下さい！　顔を見て、ちゃんと話し合いましょう！　王子が同行を希望するなら、私からも姫に頼みます。そうすれば、許可が下りるかもしれません。私は王子の味方です。だから扉を……」

「すまない。扉は開けられない」

「どうしてですか！」


「君のことを信じられないからだ」


届いたのは、あまりにも無慈悲な言葉だった。

どうして？　だって、あんなに一緒に働いてきたのに。

「僕はね、君のことも疑っているんだ」

全身から血の気が引いていく。

「私、何かしましたか？　教えて下さい。気に障ることをしていたなら謝りたいです」

「君が物語管理局にやって来た日、花畑に迎えに行くよう親指姫に命じられた。実はその時に、君の名前を聞いていたんだ」

どういうことだ？　あの時、王子は私の名前を知らないと言っていたはずだ。

「時間に余裕もあったし、先に図書館で君の物語を読ませてもらったよ。だからね、花畑で眠っている姿を見た時から、君が『赤い靴』の女の子ではないと気付いていた」

「……何を言っているんですか？」

「君が『赤い靴』のカーレンであるはずがないんだ。本を読んだ者なら誰でも分かる。最初は姫の言葉を聞き間違えたのかと思った。でも、僕の記憶ははっきりしていた。だから考えたんだ。姫が嘘をついた可能性もあるんじゃないかってね。姫は常々、僕が自分の正体を皆に隠していることを訝《いぶか》しんでいた。もしかしたら君は、僕の心を探るために、姫が送り込んだスパイなのかもしれない」

「そんなこと、私、頼まれていません」

「その言葉を証明する術はない。君に自覚がないだけかもしれないしね。指導係と見習いとして十分な信頼関係を結ばせてから、聞き出させようとした可能性だってある。答えは分からないが、姫が君の正体を偽ったことには、絶対に理由があるんだ。だから、僕は君に声をかける前に図書館に戻り、『赤い靴』を持ち出した。それから、君の名前を知らない振りをした」

　図書館から本を持ち出したのは王子だったのか。

「そこから先は君も知っている通りだよ。天空の間で、親指姫はもう一度、『赤い靴』だと言った。しかも君のことを作中通り、カーレンと呼び始めた。姫は物語管理局で暮らす全住人の物語を把握している。『赤い靴』を読んでいないなんてことは有り得ない。それなのに、嘘をつき続けた」

「詳しく教えて下さい。私の何が変だったんですか？　花畑に倒れていた時、黒い靴を履いていたからですか？」

「この鍵を奪ったことへのお詫びとして、君の部屋に本を置いてきた。自分の目で確認すると良い。『赤い靴』を読めば、君がカーレンではないと分かるはずだ」

　だとしたら、王子はずっと、出会った時から、私のことを疑っていたんだろうか。

　信頼していたし、信頼されているとも思っていたのに。

「君を傷つけたくなかった。君を仲間だと信じたかったんだ。今日まで隠していたことを、本当に申し訳なく思っている。今更、許してもらえないだろうけど、旅立つ前に、謝罪させてくれ」

「王子。扉を開けて話しませんか？」

　言葉が足りていない。この程度の話し合いじゃ、何も納得出来ない。状況だって半分も理解出来ていない。

「それは出来ない。君と親指姫が裏で繋がっていて、僕を監視している可能性も捨てきれないからだ」

「そんなことしていません」

「だが、証明は出来ない。何より、扉を開けたら、君は僕を止めるだろう？」

「止めますよ。止めるに決まっているじゃないですか！　だって、王子を救いたいんだから！　王子を助けたいんだから！　禁忌を犯して、自分の物語に飛び込もうとしている王子を見逃すなんて出来ません！」

「君のそういう正直なところが、僕はとても好きだよ」

そんなこと、今、そんな声で言わないで。

「本当に、ごめんね。でも、ありがとう」

「待って下さい！　王子！　待って！　行かないで！」

理由も分からないまま涙が溢れ出す。

「僕を救うのは、僕だ」

扉の向こうから聞こえてくる声には、一切の迷いがなかった。

自らの物語を知り、『人魚姫』を読んだ時から、王子はずっと、この時を待っていたのだろう。

「僕はまだ本当の愛を知らない。かつての人生で大きな過ちを犯したからだ。だけど、今度こそ間違わない。愛すべき人と、僕は恋をする。ここで、さよならだ。もしも、もう一度会えたなら、君の本当の名前を教えてくれ」

開かない扉にすがりつき、遠くなっていく王子の足音を聞きながら、愚かな私はようやく気付いた。涙が止まらないのは、たまらなく苦しいのは、物語管理官としての務めをまっとう出来ないからじゃない。もちろん、それだって悔しいけれど、今、床が涙で濡れていく理由は、ただ一つだ。

『愛すべき人と、僕は恋をする』

その言葉が鼓膜に届いた時、心臓ではない何処かが激しく痛んだ。

胸の一番柔らかい場所、心みたいな何かが、強く軋んだ。

私はもうとっくの昔に、王子に恋をしていたのだろう。

「おやおや。いたいけな少女がこんな場所で泣いているじゃないか」

小馬鹿にするような声が届き、顔を上げると、雪の女王が立っていた。

「君を泣かせた色男は、王子かい？」

「分かっているなら質問しないで下さい」

涙を拭って睨むと、女王は大袈裟に両手をあげて怖がる振りをした。

何もかも嘘くさい。

この人は最初に会った時から、そうだった。何でもお見通しみたいな顔をして、全部、分かっている振りをして、本当に嫌な人だ。だけど、でも、だからこそ。

「女王は何でも出来るんですよね？」

「私に出来ることは、君に出来ないことだけさ」

「助けて下さい」

「はてさて何の話かな」

「王子に『人魚姫』の鍵を奪われました。女王は前に言いましたよね。自分の物語にだけは入っちゃ駄目だって。復讐に囚われて、頭に血が上るから、絶対に上手くいかないって。失敗して、さらに酷いことになるって」

「そんな面白い話、もう忘れてしまったよ」

「王子を不幸にしたくありません。女王の力を借りれば、地下劇場から管理官が冒険している物語に割り込めると聞きました。力を貸して下さい。私を『人魚姫』の世界に入れて下さい！」

女王が銅の扉を一瞥すると、音も立てずに、それが左右に開いていった。

分かっていたことだけれど、既に王子は物語の中に消えていた。

不敵に笑ってから、雪の女王は細い指先で、私の頬を撫でる。

「ルールを破った人間には、まず罰が必要だ。そう思うだろう？」

「そんなことより……」

私が言い終わるより早く、雪の女王は指先から氷柱を生み出し、それを時空の扉に向かって飛ばした。

悲鳴のような音が響き、七色に輝いていた鏡面が粉々に砕け散る。

「これで王子はもう帰って来ることが出来ない。人様の鍵を奪って、自分の物語に帰ったんだ。一生をそこで過ごすが良いさ」

「何で……。私はそんなこと頼んでないのに……」

「あんな男のことは忘れたまえ。そうだ。世界で一番優しい私が、二度と王子を思い出せないようにしてやろう」

手を宙に翳し、女王が再び、氷柱を生み出す。

「やめて下さい！」

女王の手首をつかむと、あまりの冷たさに、切られたかと思うほどの痛みが走った。

「幸せになれなかった者を、幸せにする。それが物語管理官の務めです！　王子は間違ってしまったかもしれない。でも、そんな人にこそ、私たちの助けが必要なんじゃないんですか？」

「おやおや、小娘のくせに立派なことを言うようになったじゃないか」

「お願いします！　私を『人魚姫』の世界に入れて下さい！」

「あれは裏切り者だぞ」

「王子は誰よりも優しいだけです！　お願いだから、私に物語管理官としての務めを果たさせて！」

もう耐えられない。つかんでいた手首を離すと、女王は不気味な笑みを浮かべた。

「君の気持ちはよく分かった。だが、王子が上手くやれないと決まったわけでもない。あれは実に勇敢な男だからねぇ。まずはその冒険を見届けようじゃないか」

それから、女王は怖いくらい真っ直ぐに、私の目を見つめた。そして……。

「ソフィア。君の冒険は、それからでも遅くない」

第二部◆僕の物語

1

愛されたいと強く願っていたこと。

心ではなく身体が、細胞が、ただ、それだけを、はっきりと覚えている。


一年前、【物語管理局】の城主である親指姫に、「あなたは『人魚姫』の王子です」と告げられ、僕は自分の正体を知った。

城の皆にも「王子」と呼ばれるようになったが、【幻想図書館】に所蔵されていた『人魚姫』を読んでも、記憶がよみがえることはなかった。家族の顔も、勘違いしたまま愛した姫の声も、思い出せなかった。自分自身の名前すら分からなかった。

僕は『人魚姫』の中で、隣国の姫と結ばれている。勘違いの恋だったとはいえ、心から望んだ相手と結婚している。それなのに、物語の中で幸せになれなかった者だけが辿り着く物語管理局に召喚されてしまった。

考えられる理由は一つしかない。

僕が手にした愛が、間違いだったからだ。遭難した僕を救ってくれたのは、隣国の姫じゃない。命の恩人は、運命の人は、人魚姫である。愛すべき人を愛せなかったからこそ、僕は幸せになれなかったのだろう。

『自分の物語に飛び込んではいけない』

それが、物語管理官の絶対の掟である。

仲間を裏切り、大切な後輩を傷つけてまで、禁忌を犯すのだ。

もう二度と、城には戻れない。

強奪した【物語の鍵】を使い、僕は、僕を人魚姫との恋に導く。今はまだ彼女の顔も思い出せないけれど、運命の人を今度こそ絶対に幸せにしてみせる。


【時空の扉】をくぐり、『人魚姫』の世界に降り立つと、懐かしい匂いが香った。

勘違いかもしれないけれど、確かに、そんな気がした。

栄えた町まで出向き、聖堂がある浜辺を教えてもらう。

この後、『人魚姫』の世界は、激しい嵐に見舞われる。船上パーティーに参加していた僕は、その嵐の直撃を受け、遭難し、人魚姫に救出されるのだ。その後、人魚姫が僕を運ぶ場所が、聖堂が見える浜辺である。

地図を頼りに件《くだん》の聖堂に辿り着くと、浜辺の後ろに緑豊かな森が広がっていた。

聖堂の天井付近に鐘が見える。浜辺と森、建物の位置関係も作中の通りだ。人魚姫が僕を運ぶ浜辺は、ここに違いない。

『人魚姫』は誤解が悲劇を増幅させていく物語だ。

王子と人魚姫は最初に同じ勘違いをしている。それは、浜辺で僕に声をかけてきた少女を、神様に一生を捧げた人物と考えたことだ。だからこそ、当初、王子は命の恩人である少女と結ばれることを諦めていた。人魚姫も少女を警戒していなかった。

しかし、実は彼女は隣国のお姫様であり、聖堂では一時的な教育を受けていたに過ぎない。そのため、物語の終盤、彼女と再会した王子は、あっという間に結婚まで突き進んでしまう。もとより両王国が望んでいた婚姻だったこともあり、王子が求愛した時点で、それを阻む障害などなかったからだ。

道中から空模様は怪しかったが、丁度、小雨が降ってきた。この偶然を利用させてもらおう。

雨宿りさせて欲しいと言って聖堂を訪ねると、快く中に入れてもらえた。

堂内では若い修道女見習いたちが忙しなく働いている。

修行中の姫は、見習いの中で一番若い少女だったはずだ。任務遂行に際し、最大の障害となるかもしれない姫の顔は、早めに把握しておきたい。

捜していた人物は、すぐに見つかった。炊事場で働いていたその少女は、気品に満ちており、所作からして周囲の女性たちとは違った。

自らの胸に手を当て、鼓動の速さを確かめる。一度は愛した人を、この瞳に捉えたなら、少なからず心が動くかもしれないと思ったからだ。

だが、恐れていたことは起きなかった。聖堂の少女たちの中でも、彼女はとりわけ美しい。けれど、特別な何かを感じることはなかった。

かつての僕は愚かにも彼女を運命の女性と思い込んだ。しかし、やはり、それは勘違いに過ぎなかった。胸の鼓動がそれを雄弁に教えてくれている。

僕が運命と信じた恋は、まがい物だったのだ。


この聖堂での目的は果たした。

お礼を言って立ち去ろうとしたところで、修道院長に呼び止められた。

「旅人さん。この後、王都まで行くと言っていましたね」

「はい。王宮に用事があります」

関係者の様子、とりわけ現在の王子の動向を把握しておきたい。

「今から出発したのでは、日暮れ前に辿り着けないでしょう。大きな嵐が来ると、漁師たちが話していました。出立は明日にした方が賢明ですよ。客間を用意します」

「嵐が来るんですか？」

「ええ。この辺りの漁師は優秀で、水鳥の鳴き声を聞き分けます。西の空にうろこ雲が出ていましたし、今宵は荒れるかと」

船上パーティーを経て、王子が嵐と稲妻に襲われるのは、今夜だったのだ。

ならば、なおのこと、この地を離れるわけにはいかない。物語が動くまで、まだ時間があるというのは甘い予想だったようだ。

物語に介入出来るのは、どんなシーンであれ一度きりである。危うく最大のチャンスを逃すところだった。

「この聖堂に上等な客間はありませんが、一晩を越すだけであれば、問題ないかと思います。後で食事を運ばせますよ」

「ありがとうございます。何とお礼を言ったら良いか」

「困っている人を助けるのは、当然のことです」

この時期に、隣国の姫が聖堂で暮らしていたのは、教育を受け、徳を修めるためだ。彼女はほかの少女たちと違い、浜辺で倒れていた僕を、迷いなく助けに向かっている。

この修道院長の下、有意義な修行を積めているのだろう。

いつだって世界は、誰かが誰かに影響を与えて動いていく。

深く頭を下げて、今宵は修道院長の言葉に甘えることにした。

2

日が暮れ始めた頃、小雨が激しい雨に変わった。

聖堂の中にいても荒天で風が強くなっているのが分かる。

『人魚姫』を悲劇に導く出来事、勘違いの邂逅《かいこう》は、やはり明日起きるのだ。

僕の部屋に夕食を届けてくれたのは、隣国の姫と思われる少女だった。

儀礼的な言葉以外は交わしていない。

日中、すれ違い様に挨拶をした時と同様、間近で対面しても心が躍ることはなかった。僕を見た彼女が特別な反応を見せることもなかった。

物語が動くのは明日の朝、聖堂の鐘が鳴った後である。

今夜、出来ることはもうない。

用意されたベッドに座り、激しい雨が叩き付ける窓を見つめながら、裏切ってしまった少女のことを、「カーレン」と呼ばれていた彼女のことを、思い出していた。

『赤い靴』を履いた女の子、カーレンの人生は、悲劇に満ちている。


カーレンは貧しい家の生まれだった。いつも裸足で、冬でも固く冷たい木靴しか履けない。そんな彼女に、靴屋のおばさんが赤い布の切れ端で作った靴をプレゼントする。

カーレンがその赤い靴を初めて履いたのは、母親の葬儀の日だった。

肩を落とし、棺の後に付いていくカーレンだったが、親切なお年寄りの奥様の目に留まり、引き取られる。第二の人生の始まりだ。

カーレンは、美しい娘に成長し、ある日、教会へ行くための靴を買ってもらう。カーレンが希望したのは、昔、この国を通った女王様が履いていたような赤い靴だった。

しかし、教会のミサに赤い靴を履いて出席するなんて、ふさわしくないことである。奥様にも叱られてしまうが、後日、カーレンはその赤い靴を履いて出掛けてしまう。美しい靴に完全に魅了されていたからだ。

そして、悲劇が始まる。

赤い髭を生やした老兵が「見事なダンス靴だ！」と告げた途端、カーレンの意思とは関係なく、靴が踊り始めたのだ。やっとのことで皆が脱がせたものの、カーレンはその靴への思いを断ち切ることが出来ない。

奥様が病気で寝込む中、大舞踏会の開催が決まり、カーレンも招待される。奥様の看病をしなければならないのに、カーレンは我慢出来ず、赤い靴を履いて出掛けてしまう。すると、舞踏会に辿り着くより早く、再び靴が踊り出してしまった。

カーレンの意思を無視し、赤い靴は門の外へと向かい、暗い森の中へ入る。もちろん、踊り続けながらだ。踊りをやめることも、靴を脱ぐことも、出来ない。

木々の間に光っている顔があり、近付くと、あの赤髭の老兵だと分かった。

「見事なダンス靴だ！」いつかと同じ言葉が紡がれ、靴はますます強く足に吸着する。

畑を越え、草原を越え、雨も夜も関係なく、赤い靴とカーレンは踊り続ける。

墓地を抜け、教会に入ると、光る剣を持った天使が現れた。

「お前は死ぬまで踊り続けるのだ！」

宣言通り、赤い靴の踊りは続き、ある朝、カーレンは自宅の前を通り過ぎる。そこで、自分を引き取ってくれた奥様が死んでしまったことを知る。

どれだけ後悔しても時間は戻らないし、踊りも止まらない。いばらに傷つけられても、血が流れても、止まれない。

やがてカーレンは荒野を抜け、首切り役人が住む家に辿り着く。

「お願いです！　この赤い靴ごと私の足を切って下さい！」

役人はカーレンの願いを聞き届け、その両足を切り落とす。すると赤い靴は、そのまま小さな足と共に、深い森の中へと消えていった。

役人に木の足と松葉杖を与えられたカーレンは、教会に向かい、懺悔《ざんげ》する。

罪を心から悔い改めたカーレンは、教会で暮らすようになり、ある日、いつか見た天使が現れる。

そして、剣の代わりに薔薇の杖を持っていた天使は、カーレンを太陽の光に乗せ、天へと連れて行くのだった。


カーレンとは呪われた赤い靴で踊り続け、両足を失った少女である。

物語管理局に現れた『赤い靴』の少女は、自らの足で大地に立っていた。もしもその両足が義足なのだとしたら、僕とほとんど変わらないスピードで走れるはずがない。彼女は『赤い靴』のカーレンではあり得ないのである。

だから、僕は最後の最後で、彼女を信じることが出来なかった。

泣きながら、僕を助けたいと言った少女の手を、握り返せなかった。

あの子は、本当はどんな物語の登場人物で、何て名前だったんだろう。

笑顔が絶えず、勇敢で、僕を誰よりも信頼してくれた彼女の期待に応えたかった。

裏切りたくなんてなかった。

信じたかった。手を取り合いたかった。

それが出来なかったのは、迷うだけ迷って、結局、裏切ってしまったのは、彼女が正義感に満ちた【物語管理官】に成長していたからだ。

彼女なら僕の気持ちを理解してくれただろう。でも、絶対に、最後には僕を止めたはずである。彼女がルールを破ろうとする物語管理官を見逃すはずがない。すべてを理解した上で、それでもなお、僕のためにと立ちはだかったに違いない。

あの子を裏切ってしまったことを思うだけで、胸が張り裂けそうになる。

嫌われたくなかった。幻滅されたくなかった。

彼女に信頼されたままの僕でいたかった。

だけど、この世界は厳しくて残酷だから、叶えるべき願いは一つしか選べない。

僕は誰よりも大切な人を、自分の手で救いたい。

愛すべき人を、この手で幸せにしたい。

つらいけれど、苦しいけれど、後悔はない。

これこそが僕の選んだ、僕の物語だ。

3

夜明け前に、浜辺をよく観察出来る場所に陣取った。

昨晩の嵐が嘘のように、穏やかな潮風が頬を撫でていく。

もうすぐ海から僕を抱えた人魚姫が現れるはずだ。

頭の中で、これから始まる出来事を、今一度、整理しておこう。

真っ赤な太陽が水平線の向こうに顔を出したら、すぐに物語が動き出す。

遭難した王子を海中で救出した人魚姫は、彼を森の前の浜辺へと運ぶ。そして、白い砂浜に王子を横たえたその時、聖堂で鐘が鳴り、若い娘たちが庭に出てくる。少女たちを見て人魚姫は身を隠し、隣国の姫が砂浜に倒れていた王子を救うことになる。

止めるべきはその邂逅だ。

森の木々の間から、目を凝らして海を窺う。

王子と人魚姫を確認したら、すぐに聖堂の少女を止めに行こう。

それだけで良い。たったそれだけで、物語は大きく変わるはずだ。

そう確信していたのに……。

浜辺に姿を現した二つの人影を見て、戦慄が走った。

海の中から現れたのは、人魚姫とその腕に抱えられた少年である。物語の通りだが、

「あれは誰だ？」

人魚姫が抱えていた人物は、僕ではなかった。

最初は光の反射で見間違えたのかと思った。しかし、近付いてくる二人を見て、それが幻でも、人違いでもないと分かった。髪の色や背丈が違うだけじゃない。砂浜に横たえられた王子は、何度見ても、僕とは違う顔をしていた。

混乱で頭が回らない。

これは、どういうことだ？　僕は『人魚姫』の王子ではないのか？

その時、真っ先に思い出したのは、後輩管理官の顔だった。親指姫は彼女のことを、『赤い靴』のカーレンであると説明したが、それは物理的に有り得ない。

誰にだってミスはある。城主だって勘違いすることはあるだろう。ミスは仕方ない。だけど、親指姫も、副城主の雪の女王も、あの子をカーレンと呼び続けた。彼女の健在な両足を見ても、二人の態度は変わらなかった。

一連の事実から導き出せる結論は一つだ。

親指姫と雪の女王は、僕に嘘をついたのだ。二人は結託して、彼女の正体を偽った。

そして今、僕自身についても同じことが起きている。あの子が『赤い靴』のカーレンではなかったように、僕も『人魚姫』の王子ではなかったのだ。

親指姫は僕たちを欺いた。でも、何のために、そんなことをする必要がある？

分からない。姫と女王が僕らに嘘をつく理由なんて見当も付かない。

物語管理局とは、物語の中で幸せになれなかった者だけが、辿り着く城である。だから、『人魚姫』の王子だと教えられ、自らの物語を読んだ時、当初は戸惑いを覚えた。

僕の何が不幸だったのか、すぐには分からなかったからだ。泡になって消えてしまう人魚姫はともかく、王子は愛する女性と結ばれ、幸せになっている。少なくとも僕の目には、王子が望んだ未来を手に入れたように見えた。

夜通し考え続けて。愛すべき人を愛せなかったこと。命の恩人に気付かず、人魚姫を不幸にしてしまったこと。それこそが僕の不幸だったのだと解釈した。

そして、それに気付いた時、全身が震えるほどの恐怖を覚えた。

知らなかったとはいえ、僕のせいで人魚姫は命を失ったのだ。誰よりも大切にしなければならなかった恩人を、よりにもよってこの僕が、海の泡に……。

あの子から物語の鍵を奪ったのは、今度こそ、自分の手で人魚姫を幸せにしたかったからだ。もう二度と間違わない。絶対にその手を放さない。そう固く決意して、物語管理局には戻らない覚悟で、この世界に飛び込んだはずだった。

けれど、目の前の現実は、想像もしていなかった真実を突きつけてきた。

僕は『人魚姫』の王子ではなかった。まったくの別人だったのである。

その時、荘厳な鐘の音が鳴り響いた。

聖堂に目をやると、若い娘たちが一斉に庭に出て来るのが見えた。その中の一人、背の低い少女が、浜辺を指差す。隣国の姫だ。

このまま見守っていれば、あの少女が階段を下りていき、浜辺に倒れている王子を助けるだろう。

僕は『人魚姫』の王子ではなかった。今すぐ物語管理局に戻り、親指姫に話を聞きに行きたい。真実を確かめたい。

きびすを返したところで、足が自然と止まった。

魂が、誇りが、自身に問いかけていた。

この選択は本当に正しいのか？　今、すべきことは城に帰還することなのか？

違う。僕は物語管理官だ。果たすべき務めは細胞が覚えている。

そう気付いた瞬間に、駆け出していた。

王子と人魚姫の未来を変えても、僕が救われることはない。それでも、人を幸せにすることが物語管理官の使命であり、喜びだ。

二人の悲しい未来を知っているのに、手を差し伸べないなんて選択肢はない。

悲劇の結末を迎えてしまう人魚姫を、この手で、今度こそ、幸せにしたい。

鉄の掟を破ったのだから、管理局に帰れば資格を剝奪されるかもしれないけれど、そんなことも今は関係なかった。

郵便はがき

おそれいりますが
切手を
お貼りください

102-8519

東京都千代田区麹町4−2−6
株式会社ポプラ社
一般書事業局　行

お名前	フリガナ	
ご住所	〒　　　-	
E-mail	@	
電話番号		
ご記入日	西暦　　　　年　　　月　　　日	

上記の住所・メールアドレスにポプラ社からの案内の送付は必要ありません。□

※ご記入いただいた個人情報は、刊行物、イベントなどのご案内のほか、お客さまサービスの向上やマーケティングのために個人を特定しない統計情報の形で利用させていただきます。

※ポプラ社の個人情報の取扱いについては、ポプラ社ホームページ（www.poplar.co.jp）内プライバシーポリシーをご確認ください。

ご購入作品名

■この本をどこでお知りになりましたか？

□書店（書店名　　　　　　　　　　　　　　）

□新聞広告　　□ネット広告　　□その他（　　　　　　　　　　）

■年齢　　　歳

■性別　　　男・女

■ご職業

□学生（大・高・中・小・その他）　□会社員　□公務員

□教員　□会社経営　□自営業　□主婦

□その他（　　　　　　　　　）

ご意見、ご感想などありましたらぜひお聞かせください。

ご感想を広告等、書籍のPRに使わせていただいてもよろしいですか？

□実名で可　□匿名で可　□不可

一般書共通

ご協力ありがとうございました。

出会った皆を幸せにする。それが、僕の使命だ！

森から飛び出し、階段を足早に下りていく隣国の姫に大声で呼びかける。

「待ってくれ！」

振り返った少女の下に駆け寄り、

「君のことを修道院長が捜していたよ！」

「あら、旅人さん。私、何か朝の仕事を忘れていましたっけ」

「ごめん。用件までは聞いていないんだ」

「浜辺に倒れている人がいるのです」

少女は心配そうな顔で、白い砂浜に横たわる王子を指差す。

「ああ、彼は僕の友達なんだ。時々、寝ぼけて、あんなことになるんだよ。心配してくれてありがとう。彼は僕が起こすから、君は院長の下へ行ってくれ」

「分かりました」

嘘をついてしまったことを心の中で謝罪してから、彼女を見送り、浜辺に下りていく。隣国の少女が聖堂に戻ったことで、物語の筋は大きく変わるはずだ。

海水を飲んでしまったのか、砂浜に横たわる王子は青ざめた顔をしていた。

「ごめんね。君の人生を変えてしまったよ」

本物の王子の横に座り、まだ目覚めない彼に話しかける。

「ずっと、君のことを僕だと信じていた。でも、笑ってしまうくらいに別人だ。人魚姫が恋をした王子は、僕とは似ても似つかない男だったんだな」

彼は無骨という表現が似つかわしい、がっしりとした体格だ。対照的に、僕は背が高く、華奢である。決して力持ちでもない。髪や目の色も違う。同一人物どころか、似ているところを探すだけで一苦労だ。

「僕は一体、誰なんだろう」

どうやら、分からないというのは、恐ろしいということだったらしい。ここに至り、実感をもって思い知る。自分の正体を『人魚姫』の王子であると信じていた時には感じたことがない、不安と覚束無さが胸の中心で渦巻いていた。

助けて欲しいのに。答えを知りたいのに。誰も教えてはくれない。

この世界には一人として味方がいない。孤独だ。僕は一人ぼっちだ。

それに気付いた後で、ずっと前から、この感情を知っていたことを思い出した。

波打ち際から続く岩陰で、金色の髪が揺れている。

王子の様子が気になって仕方がない人魚姫だろう。

振り返ると、見習いの少女たちは、皆、姿を消していた。

「う……」

小さなうめき声が聞こえ、砂を払って静かに立ち上がった。

物語を読む限り、王子には運命を信じ過ぎるきらいがある。目覚めた後で最初に出会う相手は、聖堂の姫でも、僕でもなく、彼を誰よりも愛した人魚姫であるべきだ。

願いを託すように、王子の肩に一度触れてから、浜辺を後にした。

階段を上り、森の中に入ってから振り返ると、王子の傍に人魚姫が佇んでいた。

足のない人魚を見て、王子はどんな反応を見せるだろう。異種族である彼女に感謝し、恋に落ちるだろうか。それとも、恐怖し、避けようとするだろうか。

太陽がその角度を少しだけ変えた後で。

目覚めた王子は、上半身を起こすと、すぐに目の前にいた人魚の手を取った。

ここからでは会話は聞こえない。背中を向けている王子の表情も分からない。

だが、二人が固く手を取り合っていることは分かる。

良かった。今度こそ、誤解も、遠回りもせずに、二人は出会えたのだ！

王子は彼女を受け入れたし、命の恩人をしっかりと認識している。

この後、二人が描く物語は、僕には分からない。

本来の物語では、王子に会いに行くために、人魚姫が幾つかの代償を支払う。

海の魔女に、人間になるための薬を作ってもらうのだが、引き換えに、その美しい声を奪われてしまうのだ。ただ、それは焦っていた人魚姫が、魔女に足下を見られたからである。人魚の姿のまま想いが通じ合ったのだから、魔女の助けなど必要ない。

二人は異種族だ。いかに愛し合っていても、障害はあるだろう。場合によっては、それぞれの父親でもある王様たちから結婚を反対されるかもしれない。

だけど、きっと、二人なら大丈夫だ。

王子の性格を踏まえれば、今後、彼が人魚姫以外の女性に恋をするとは考えにくい。本来のストーリーをなぞりながら改編を加えていくというのが、物語管理官のセオリーである。物語を見守りながら、小さな伏線を張っていき、クライマックスで決定的な関与をする。それが理想なわけだが、僕は中盤に差しかかったタイミングで、物語を大きく変えてしまった。そのため、今後の展開は想像もつかない。

新しい物語を最後まで見守り、不測の事態に備えるべきだと分かっていたけれど、自分自身の真実を追究したいという気持ちも抑え切れなかった。

二人が互いの愛を信じている限り、この物語が悲劇に向かうことはないはずだ。

どんな叱責と罰が待っているか分からないが、一度、物語管理局に戻ろう。

僕と彼女に嘘をついた理由を、直接、親指姫に問いただささなければならない。

浜辺で抱き合う二人に心の中でエールを送り、その場を立ち去ることにした。

4

これは、裏切り者である僕への罰なのだろうか。

物語管理局と『人魚姫』の世界を繫ぐ時空の扉、その鏡面が粉々に割れ、破片が地面に散乱していた。

時空の扉を通過出来るのは、行きと帰りの一度きりだ。だから、トラブルを避けるため、管理官は物語の世界に飛んだ後、扉を物理的に隠す。今回、僕は扉を人気《ひとけ》のない森の奥に移動させ、広葉樹の葉で隠していた。

動物か何かに衝突されたんだろうか。こんなこと今まで一度もなかったのに……。

地面に落ちた破片は、七色に輝いている。それは帰りの道が今も通じていることを意味しているが、この大きさの破片では通り抜けられない。帰還の手段が完全に失われてしまったのだ。頭の中が真っ白で、アイデアが何一つ浮かばない。

彼女から鍵を奪った時は、もう二度と城に戻らない覚悟だった。

そうだ。自分が本当に『人魚姫』の王子であったなら、壊れた鏡を見ても、ここまで動揺することはなかったに違いない。何処かの街で、まったくの別人として、新しい生き方を見つけることだって考えられたからだ。でも、僕は『人魚姫』の王子ではなかった。ほかの登場人物だとも思えないし、この物語の住人である可能性は限りなく低い。

今すぐ物語管理局に帰り、自分の正体を知りたい。

願いはシンプルなのに、完全に八方塞がりだった。

生きていくには衣食住が必要だ。漁港で住み込みの仕事を見つけ、ひとまずの宿は確保出来たけれど、根本の問題は解決していない。

時空の扉を使わずに、物語管理局に帰る方法は一つしかない。任務中の管理官の様子を確認出来る、【地下劇場】からのルートだ。ただ、そこを通るには雪の女王の協力が必須である。禁忌を犯しておいて、助けを期待するのは都合が良過ぎる。

僕はこのまま自分の名前すら知らずに、縁もゆかりもない物語の世界で、生きていくのだろうか。

人は誰しも与えられた場所で、与えられた身体と能力で、生きていくしかない。頭では分かっているけれど、現実を受け入れることも、割り切ることも、難しい。

ここに至るまでの決断を、後悔はしていない。何度やり直しても、僕は同じ道を選んだはずだ。『人魚姫』の王子であると思い込んでいる限り、別の選択肢はない。

ただ、後悔はなくとも、申し訳ないという気持ちはある。あんな別れ方をしてしまった後輩の彼女には、カーレンと呼ばれていたあの子には、特にそうだ。

叶うなら、もう一度、仲間たちに会いたい。

出来れば、優しいあの子に、頭を下げて直接謝りたい。

漁港で働き始めて三日目の朝。

「新入りさん、新聞は読んだかい？　第一王子が王宮から消えたらしいね」

水揚げを手伝っていたら、女将《おかみ》さんから耳を疑うような話題を向けられた。

「王子がですか？」

「水難事故から奇跡の生還を果たしたばかりだってのに、従者の目を盗んで、王宮から出て行ったらしいよ。本当に、この国はどうなるのかねぇ」

「失踪したってことですか？　でも、どうして」

「婚約を認められず、駆け落ちしたって話さ。何があったんだろうね」

『人魚姫』本来の物語では、王子は隣国の姫と結ばれる。だが、僕が物語に介入したことで、その未来は変わった。二人は出会ってすらいないから、王子が駆け落ちした相手は、人魚姫しかあり得ない。

見習いだった頃に親指姫に言われた言葉を、今更ながら思い出す。

「対象を救う方法は、物語管理官に一任されています。ただ、序盤から物語の筋を大きく変える行動は慎むべきでしょう。湖に投げ込まれた小石が作る波紋のように、作中の揺らぎは時間に比例して大きくなるからです」

僕が介入した場面は、中盤に差しかかった頃合いだ。王子の結婚が『人魚姫』のクライマックスだとすれば、まだ十分に時間が残っている。

王子の勘違いを止めたことで、この物語の悲しい結末を変えられたと信じていた。だけど、もしかしたら、まだ……。

自分が物語管理官だからじゃない。

僕は、二人に、今度こそ幸せになって欲しい。

三日間お世話になった人々に別れと感謝を告げ、王子を捜しに行くことにした。

女将さんは王子のことを「第一王子」と呼んでいた。つまり彼には何人か弟がいるということだ。王位継承に関しては心配しなくても良いかもしれないが、真の問題は、駆け落ちした二人の未来である。

王子も、人魚姫も、王族だ。帝王学が生活の役に立つとは思えない。

人魚姫は今も人魚の姿であり、一方の王子は人間である。二人の結婚を、人魚の王様は祝福するかもしれないが、王子は海中では生きられない。愛する二人には、想いとは別の場所に、大きな障害がある。

王宮を飛び出した王子と人魚姫は、何処に向かったのだろう。

手がかりを求め、あの聖堂をもう一度訪ねてみたけれど、二人の行方については何も分からなかった。冷静になって考えてみれば、それも当然だ。隣国の姫と出会っていないのだから、王子も人魚姫も聖堂とは無関係である。

あの日、人魚姫が隠れていた岩の上に立ち、海を見渡してみた。

人魚らしき姿は見当たらない。手がかりになりそうな物も落ちていなかった。

諦めて岩から下りようとしたその時、

「私の邪魔をしたのは、お前さんだね」

不意に、背後から低い声が届いた。

振り返ると、でっぷりと太った化粧の濃い女が、海から上半身だけ出して、こちらを覗いていた。何匹ものウミヘビがその傍でうねり、同じようにこちらを見つめている。

「お前さんの望みは分かっているよ。王子と人魚姫の行方を知りたいのだろう？」

この女は、海の魔女だ！

人魚姫を美しい声と引き換えに人間に変えた、あの魔女に違いない。

「どうして僕の頭の中が読めるんですか？」

「質問に答えるのは、お前さんだけだ。王子と人魚姫の行方を知りたいのか、否か。さあ、正直に答えたまえ」

どうする。この女は信用に値しない魔女だ。だが、現状、打つ手がないことも事実である。彼女に助けを求めない限り、この状況を打破出来ない。

「……知りたいです」

「そうだろう。そうだろう。お前さんはね、丁度良い時に来たのさ。何せ、私がお前さんを助けてあげられるのは今日だけだからね」

この女の言葉を真に受けてはいけない。本来の『人魚姫』でも、魔女は嘘をついているからだ。彼女は当初「人間になったら二度と人魚に戻れない」と説明していたが、それは真っ赤な嘘だった。今日しか助けられないという言葉も、真実である保証はない。ただ、今は魔女の言葉を精査する時間も余裕もない。

「お願いします。二人の居場所を教えて下さい」

「良いだろう。ただし、ただというわけにはいかないよ。何事にも対価は必要だ」

分かっている。これも予想通りだ。

人魚姫は人間になる薬と引き換えに、舌を切り落とされ、声を奪われている。当然、僕にも法外な対価を求めてくるだろう。

「要求を言って下さい」

魔女は値踏みするように、僕の全身を上から下まで見つめてきた。

「お前さんの目は曇りなく輝いているねぇ。海に沈んだどんな宝石よりも美しい。その綺麗な瞳を一つ、頂こうか」

「お断りします。僕が欲しいのは情報だ。あなたはそれを教えるだけで、失うものはない。対価は支払うつもりですが、幾ら何でも要求が大き過ぎる」

「言うじゃないか。でも、よく考えた方が良い。私はこのまま帰っても構わないんだ。王子や人魚姫がどうなろうと、知ったことじゃないからねぇ。良いかい。ここは交渉の場じゃない。私は商品を提示した。後はお前さんがそれを買うかどうかだけだ」

交渉には応じない。値切ることも許さない。そういうことか。

どうする？

この後、自分の世界に戻る方法が見つかったとしても、二人を救えなければ、胸を張って帰れない。幸せにしたい人たちがいて、そのために出来ることがあるのに、見なかった振りをして、逃げて、自分の正体だけは知りたいなんて、そんな恥ずかしい真似、僕には出来ない。

片方の目と引き換えに、王子と人魚姫を幸せに出来るなら……。

「分かりました。僕の瞳を……」

魔女へと一歩踏み出したその時、

「そんなの絶対に駄目です！」

悲鳴のような声が響き、目の前で盛大な水しぶきが上がった。誰かが僕の脇を走り抜け、魔女に向かって岩の上から海に飛び込んだのだ。

泡を立てて海中から浮かび上がってきたのは、

「どうして君が……」

現れた彼女は、魔女の前に立ち塞がるように、両手をめいっぱい広げた。

しかし、すぐにバランスを崩し、再び海に沈んでいく。水しぶきが上がるだけで、なかなか再浮上してこない。

まさか、泳げないのか？

それに気付き、服を脱ぐより早く、海へと飛び込んでいた。

海水を飲んでむせる彼女を抱きかかえて、浜辺へと運ぶ。

魔女との契約を交わそうとした、まさにその瞬間、遮るように海に飛び込んだのは、赤い靴を履いた少女。僕の後輩である物語管理官の彼女だった。

「私……！　王子を……助け……に、来ました！」

「分かったから、まずは落ち着いて。ゆっくり呼吸をしてくれ」

僕の声が聞こえていないのか、彼女は怖い顔で海中の魔女をにらみつける。

「王子の瞳は絶対に渡しません！　帰って下さい！　あなたと契約なんてしません！」

「やれやれ興醒めだ。せっかく美しい指輪が作れると思ったのに、残念だよ」

呆れ顔で告げると、魔女はウミヘビたちと共に、海の中へと消えていった。


浜辺で二人きりになり、改めて彼女と向き合う。

「どうして、この世界に？　僕は君の信頼を裏切ったのに」

「悲しいことを言わないで下さい。私は王子の気持ちが分かる気がするんです。だって私もまだ自分の正体を知らないから。怖いですよね。不安ですよね。疑心暗鬼にだってなりますよ。裏切られたなんて思っていません。地下劇場から、ずっと、この物語を見守っていました。王子は『人魚姫』の王子ではなかったんですね」

「そうか。君もそれを知っているんだね」

「王子が旅立った後、雪の女王に物語の中に入れて欲しいと頼んだんです。でも、まずは見守ってみろと言われて。王子が別人だったと知った時は、本当に驚きました」

「女王はほかに何か言っていたかい？」

彼女の首が横に振られる。

「いつものようにはぐらかされました。あの人はズルいです。いつも口先で誤魔化されてしまいます」

つまり、彼女も僕の正体は分からないということか。

「私は消えた二人が、何処に雲隠れしたか知っています。だから、王子が魔女なんかに対価を支払うのを止めたくて。慌てて女王に物語の中に入れてもらいました。勢いあまって、自分が泳げないことも忘れて、海に飛び込んでしまいましたが」

「ありがとう。君が来てくれなかったら、僕は今頃、瞳を一つ、失っていたよ」

「間に合って良かったです」

君の勇気は、正義は、本当に何処からやって来るんだろう。

「王子と『人魚姫』の王子は別人だと分かったので、失礼を承知で言いますけど、私、この世界の王子は、ちょっと単純過ぎると思うんです」

「どういうこと？」

「彼には四人の弟がいます。ほかの王子はそうでもないんですが、第一王子の彼は、蝶よ花よと育てられたせいか、単純で思い込みが激しいんです」

苦渋に満ちた表情で彼女は言葉を続ける。

「私、最初に『人魚姫』を読んだ時から、王子の立ち居振る舞いに、違和感を覚えていました。だって夜の嵐の海で遭難したんですよ。人間の娘が助けられるわけないじゃないですか。隣国のお姫様は、浜辺で最初に駆け寄っただけの第一発見者です。それなのに、目を覚ました途端、『あなたが助けてくれたんですね。好きです』って。幾ら何でも単純過ぎます」

「相変わらず君は面白いことを考えるね。王子が王宮を飛び出した理由は分かる？」

「異種族結婚を王様に反対されたからです。恋は無敵だとか、愛は永遠だとか、抽象的なことを叫びながら、王様に啖呵を切っていました。その勢いで従者を振り切って、真夜中に王宮を抜け出しています」

どうやら『人魚姫』の王子には、本を読んだだけでは知ることの出来なかった一面が沢山あるらしい。

「二人が雲隠れした場所に案内します。二人が移動する前に、会いに行きましょう」

「助かるよ。でも、本当に良いのかい？」

「今度は私が王子の力になりたいんです」

僕を見つめる彼女の目に、力強い光が灯る。

「それに、この世界へやって来た理由は、もう一つあります。王子の最後の頼みに応えたいんです」

物語管理局での別れ際、僕は『もしも、もう一度会えたなら、君の本当の名前を教えてくれ』、そう伝えていた。

「本当の自分を思い出したの？」

彼女の首が横に振られる。

「いいえ。まだ何も思い出せていません。でも、雪の女王がこれだけは嘘じゃないと言って、教えてくれました。私の名前はソフィア。ソフィア・リンドです」

5

人魚姫と王子が隠れ家とした町まで、馬車で三時間ほどかかるという。

人生というのは何が何処で、どう繋がるか分からない。三日間の労働も無駄ではなかったようだ。

歩いて向かえない距離ではないけれど、今は一刻でも時間が惜しい。漁港で稼いだお金で馬車を雇い、目的の町まで向かうことにした。

「王子はソフィア・リンドという名前を聞いたことがありますか？」

「すまない。記憶にない。女王は君が生きた物語は教えてくれなかったの？」

「はい。でも、職業は教えてもらいました。私はオペラ歌手だそうです」

彼女が主人公なのか、ヒロインなのか、はたまた悪役なのかも分からないけれど、その物語には、どうやら歌劇が登場するらしい。

「ソフィア……か」

彼女の名前を口にすると、胸の砂地が微かに揺れた気がした。

「何か思い出せる歌はある？」

「はい。歌手だと教えられてから、幾つかの曲が頭の中に降りてきました」

「良かったら歌ってくれないかな」

「喜んで」

それから、揺れる馬車の上で、ソフィアは僕のためだけに歌ってくれた。

民謡でも童謡でもない。これは間違いなくオペラだ。すぐに、そう思った。

曲名までは思い出せない。だが、彼女の美しい歌声は確かに心の琴線に触れたし、続けざまに記憶の断片みたいな何かが僕の中に戻ってきた。圧倒されるほどに巨大なコンサートホール。超満員の観衆。そして、舞台の中央で歌っている少女の後ろ姿……。

「王子、泣いていますか？」

彼女に問われて、右目から涙が伝っていることに気付いた。

「君はソプラノの歌い手だったんだね。とても綺麗な高音だ」

「ありがとうございます。嬉しいです」

「どうしてだろう。不思議と胸が熱いんだ。それに、何処かでこの曲を聴いたことがある気がする」

聴き覚えがあるということは、僕らは同じ物語の登場人物なのかもしれない。彼女が歌手だったように、僕もオペラに関わる人間なのだろうか。

ソフィアの歌声を聴き、もう一つ、気付いたことがある。それは、僕という人間もまた、音楽を愛していたことだ。

歌劇が登場する物語と言えば、何だろう。幻想図書館でヒロインがソプラノ歌手の物語を読んだことがある。パリを舞台にした怪奇ロマン『オペラ座の怪人』だ。

ただ、ヒロインはソフィア・リンドなんて名前ではなかった。僕の記憶が確かなら、怪人が恋をする歌手の名前は、クリスティーヌ・ダーエだったはずだ。

物語管理局に召喚されるのは、主人公やヒロインだけではない。あの作品にはほかにもオペラ歌手が登場するし、僕やソフィアが不幸になった端役だった可能性はある。

「地下劇場では物語の進展だけでなく、管理官の動きも同時に追えるんですね」

「万が一の状況が起きた時、サポートに向かうための部屋だからね」

「王子が浜辺の聖堂に向かうのを見て、勘違いの出会いを止めるつもりなのだと気付きました。私もそうしたと思いますし、そのまま見守るつもりだったんです。でも、船上パーティーに現れた王子が別人で」

「そうか。君の方が早く、それに気付いていたんだね。僕がすべてを悟ったのは、夜が明けて、浜辺に運ばれた彼を見た時だった」

同情と憐れみの入り交じった瞳が、僕を捉える。

「王子も嘘を教えられていたのだと知り、女王に理由を尋ねました」

それは、今、僕が最も答えを切望している質問の一つだった。

「女王は何て?」

「嘘くさい笑みを浮かべながら、『不思議なこともあるもんだ』って」

直接見たわけでもないのに、女王の笑顔は容易に想像が出来た。

「何度尋ねても、女王は『私にも分からない』の一点張りでした。でも、絶対に嘘です。だって、あれは何もかも理解している人の笑い方でした。王子が私の部屋に置いていった『赤い靴』も読んだんです。悲しい物語に胸が痛みましたが、それ以上に混乱しました。王子が言ったように、両足が健在な私は、カーレンではありません。女王と親指姫が二人同時に、私の正体を誤認するなんてこともあり得ないと思います」

「そうだね。僕も女王と姫は、思惑を共有していると思う」

「二人はどうして私たちに嘘をついたんでしょう？」

物語管理局は姫と女王なしでは成立しない。

女王は信頼に足る人物ではないけれど、姫は誠実な人だ。彼女がソフィアの正体を偽っていると気付くまでは、何の疑いもなく、そう感じていた。騙されていたと知った今でも、怒りより戸惑いの方が大きい。

僕は皆を裏切ってしまった。それは事実だ。だけど、正体が違ったわけだから、少なくとも物語管理官としての禁忌は犯していないことになる。

「私、王子の名前と物語を知りたいです」

「そろそろ、それも訂正しようか。多分、僕は『王子』じゃないよ」

それを告げると、ソフィアは寂しそうに笑った。

「まだ分かりませんよ。物語が違うだけで、やっぱり王子だったり、もしかしたら王様だったりするかもしれません。それに、たとえ違ったとしても、私にとって王子は王子です。だから、本当の名前が分かるまでは、王子と呼ばせて下さい」

僕は一体誰で、どんな物語を生きたんだろう。

愛を、ただ、ひたすらに愛を求めていたことを、細胞が覚えている。

だけど、僕の中に残る記憶めいたものは、たったそれだけだ。

ソフィア・リンドという名前を教えてもらった彼女は、いつか自分の物語にも辿り着けるに違いない。

しかし、僕の場合は、まともな手がかりが一つもない。

「人魚姫と王子を救って、物語管理局に戻りましょう。雪の女王は何も知らないと嘯《うそぶ》いていましたけど、親指姫なら二人で真剣に頼めば話してくれるかもしれません」

姫は身体の大きさに反して、強靱な意思を持つ方だ。言わないと決めたことは言わないだろう。それでも。

「そうだね。姫と話をしたい。ただ、今は物語管理官としての使命を果たそう。人魚姫と王子を救ったら、今度こそ君と僕の番だ」

6

王宮から消えた『人魚姫』の王子が逃げ込んだ先は、国境近くの港町だった。

人魚姫は水中でも地上でも生活出来る。ただし移動手段は尾びれとなるため、陸上での生活には、必然的に大きな制限がかかるはずだ。

種族が違えば、文化も、生き方も、異なってくる。

愛は偉大だが、愛だけでは埋まらない溝《みぞ》もあるだろう。


ソフィアの案内で辿り着いた隠れ家は、港町の外れ、波止場の端に建っていた。風が吹けば飛んでしまいそうな、あばら屋である。

「誰だ！」

汚れた扉をノックすると、警戒心に満ちた声が届いた。

きしむ音と共に扉が開き、薄暗い部屋の中にいた王子と対面する。

彼の後ろに、毛布で足を隠した少女がいた。王宮からの使者に居場所を突き止められたとでも思ったのか、人魚姫は悲壮な顔で僕を見つめていた。

「貴様、父上が遣わした追っ手だな？」

「ご安心下さい。僕らは王宮からの使者ではありません」

「追っ手ではないのか？」

「はい。ですが、あなたが第一王子であることも、後ろにいらっしゃる方が人魚姫であることも知っています」

物語管理官には一つ、暗黙の了解がある。それは、身分を明かさないことだ。禁じられているわけではないが、可能な限り、物語の世界に馴染みながら任務に当たることが推奨されている。しかし、今は緊急時であり、物語は未知の領域へと動き出している。頼れる指針がない以上、二人からの信頼を勝ち取り、協力を得るべきだろう。

「では、お前たちは何者だ？」

「僕らはこの世界の人間ではありません。物語管理官です。王子と人魚姫の悲劇的な未来を知り、それを変えるためにやって来ました」

「よく分からないが、俺と彼女の恋路を邪魔しにきたわけではないんだな？」

「ええ。むしろ二人の愛を叶えるために参上しました」

「未来を知っていると言ったな。俺と彼女はこれからどうなる？」

王子の問いを受け、僕は本来の『人魚姫』の物語を伝えることにした。

王子が救世主を勘違いして愛してしまったこと。

人魚姫は劇薬を飲んで人間になるが、恋は叶わず、海の泡になって消えてしまうこと。

自らの悲しい運命を悟った人魚姫は、王子の後ろで透明な涙を流す。

だが、それも今日までだ。『人魚姫』の物語は、世界中で人々を魅了し、愛されてきた。なればこそ、今度は、彼女が幸せになる番なのだ。

「どうか涙を拭いて下さい。既に二人の運命は変わっています。ただ、二人が正しく出会ったことで、物語は予期せぬ方向に変わってしまいました。どうして王宮を飛び出したんですか？」

「彼女と結婚することを、父上が反対したからだ」

「反対された理由を、お聞きしてもよろしいでしょうか？」

「彼女が人魚だからだ。愛があれば種族の違いなど些細な話だ。それなのに、父も母も理解しようとしなかった」

「第一王子の結婚には、慎重にならざるを得なかったということでしょうか？」

「俺には優秀な弟が四人いる。王位継承者と言っても、単に最初に生まれただけだ。俺が去っても、この国は安泰だよ。ならば、守るべきは、貫くべきは、愛以外に何がある」

僕と王子は別人なのに、自分でも不思議なほど、彼の言葉が腑に落ちた。

守るべきは、貫くべきは、いつだって愛であるべきだと、僕も思う。

「あの、私……」

後ろに隠れていた人魚姫が、恐る恐る口を開く。

「王子と一緒にいたくて、ここまで必死に逃げてきました。でも、あなたのお話を聞いて、私にも出来ることがあると気付きました。王子と結婚出来るなら、私は立場を捨てても構いません」

「どういうことですか？」

「さっき仰っていたじゃないですか。私、あなたが知っている未来では、魔女の力を借りて人間になったんですよね？　魔女は海底の森に住んでいると聞いたことがあります。今から会いに行って、人間になるための薬をもらってきます」

「しかし、それでは君が……」

戸惑いの表情を浮かべる王子と対照的に、人魚姫の顔には一切の迷いがなかった。

「王子は私のために国を捨てると決意なさいました。その気持ちだけで十分です。あなたのために私は人間になります」

まだ出会ったばかりだというのに、二人はどちらも、この恋をまっとうするためであれば、何を捨てても良いと考えている。その勇敢な決意には敬意を覚えるが、

「姫の覚悟は分かりました。ただ、その決断はお勧め出来ません」

「どうしてですか？」

「代償があまりにも大きいからです。あなたはとても美しい声をお持ちだ。魔女は人間になる薬と引き換えに、あなたの声を奪おうとします。代償はそれだけではありません。魔女の薬を飲めば尾びれが人間の足に変わりますが、歩く度に刺すような痛みが走り、血が流れます」

「この愛のためであれば、痛みなど構いません」

彼女は話したこともない王子のために、人間になろうとした少女だ。想いが通じ合った今、躊躇《ためら》うものなどないのだということも分かる。

「姫の覚悟は立派です。しかし、やはり賛成は出来ません。僕たちの仕事は、万難を排して、あなたたちを幸せにすることです。妥協は出来ません」

「では、どうしたら？」

「選択肢は二つです。国を出て人間と人魚のまま暮らす。あるいは魔女と交渉して、代償なしに姫を人間に変えてもらう。僕は後者を選ぶべきだと考えます。王子の勘違いを防げたことで、時間に余裕が出来ました。代替案を用意して交渉に臨めば……」

「いや、選択肢はもう一つあるだろ」

話に割って入ってきた王子は、笑顔で自分を指差す。


「魔女に頼み、俺が薬を飲んで人魚になる」


一瞬、時間が止まったように感じた。

ソフィアも、人魚姫も、僕も、皆が王子の言葉を瞬時には理解出来ず、固まってしまったからだ。

「海のそばで一緒に暮らすのも良い。だが、俺は国と家族を捨てたんだ。二十四時間、姫の近くにいたい。俺が人魚になるのが一番じゃないか?」

あっけらかんとした口調で王子は告げた。

「その意味が本当に分かっていますか? もう人間には戻れないかもしれませんよ?」

本来の物語では、姫の姉たちが、妹を人魚に戻すための手段を手に入れている。もとに戻る方法が皆無とは限らない。だが、決して簡単ではないはずだ。

「てんで構わない。姫と共に生きられるなら、俺はそれで良い。人魚になって海の中で暮らすなんて、楽しそうだしな。君たちが知っている未来では、姫が俺のために種族の壁を越えたんだろう？　ならば、今度は俺の番じゃないか」

「魔女は王子が相手でも対価を求めると思いますよ」

「そうだろうか。俺には姫のような美しい声はないぞ」

「実は僕たちも少し前に、魔女に会ったんです。魔女はあなた方の居場所を教える代わりに、片方の目をよこせと言ってきました。情報と引き換えに、この瞳を要求してきたんです。人間が人魚になる薬となると、どれほどのことを求められるか分かりません」

「問題ない。愛と比べれば安いものさ」

「分かりました。王子にその覚悟があるなら、もう止めません」

「姫、魔女は海底の森にいると言ったな。彼女を呼びに行けるかい？　直接、頼みたいが、俺は海の中には入って行けない」

「はい。お任せ下さい」

「思い立ったが吉日だ。では、早速、魔女を呼びだそう」

どうやら王子は想像以上に決断が早く、行動力がある男のようだ。

王子が姫の手を取り、四人で小屋の外に出ると……。

目の前の海に、あの太った魔女がいた。太陽を背にしているせいで表情がよく見えないが、あの横に膨らんだシルエットは彼女に間違いない。

「王子。あのウミヘビを従えた女が魔女です」

一度、頷いてから、王子は波止場の端に立った。

「そちらから出向いてくれたのなら話は早い。あなたに聞いて欲しいことがある！」

王子の言葉を受け、魔女は波を揺らしながら笑った。

「お前さんの望みは分かっているよ。人魚になりたいのだろう？」

「これは驚きだ。どうして知っている？」

「それは私が海の魔女だからさ」

「どうやら海の世界には、俺の知らない不思議が満ちているようだな。面白い！　ますます興味が湧いた。魔女よ、俺を人魚に変えてくれ！　もちろん、ただでとは言わない。王宮より持ち出してきた財宝を、すべてくれてやろう！」

なるほど。恋に浮かれ、猪突猛進して飛び出して来たわけではなかったのか。

王子が光り輝く数々の宝石を差し出すと、海上でウミヘビが小躍りした。海で生きる者たちにとっても、金銀財宝には価値があるらしい。

宝を太陽に翳し、真剣な顔で値踏みしてから、魔女は王子に向き直った。

「なかなか良い手土産だ。頂こうじゃないか」

「では、俺が人魚になれる薬を！」

「落ち着きたまえ。宝はもらうが、これでは足りない」

「何だと。それは俺の全財産だぞ」

「あくまでも王宮を飛び出す時に持ち出せた全財産だろう？」

魔女は不敵に笑う。

「お前さんが欲しがっているのは、とびきり上等の薬だ。作るには私の血を混ぜなきゃならない。当然、こちらも身体の一部を頂くよ。後ろにいるのは人魚姫だね。末の人魚姫は、この海で一番素晴らしい声を持っている。私が欲しいのはその声だ」

「お断りする！　姫からは何も奪わせない」

「だとすると交渉は難しくなるよ。私が欲しいのは、この世に二つとない美しいものだからね。人魚姫の声を渡せないというなら、後ろの男の瞳を頂こうか」

まだ僕の目も諦めていなかったらしい。

「断る！　彼は従者ではなく友人だ。対価が欲しいなら、俺に出せる物を言え！」

「お前さんが持っている価値あるものは心臓くらいだ。だが、それでは、本末転倒じゃないかい？　死んでしまっては、人魚になっても意味がない」

「渡す財宝を増やす。それならどうだ？」

「宝はこれで十分だよ。どうやら交渉は決裂のようだね」

「待ってくれ！　どうしてもあなたの作る薬が必要なんだ！」

「だが、人魚姫の声も、その男の瞳も、お前さんの心臓も渡せないのだろう？　ならば諦めたまえ。得るというのは失うということだ。そして、残念ながら、お前さんにはその覚悟がなかった。それでは、失礼させてもらうよ」

「待って下さい！」

その時、ずっと怖い顔でやり取りを見つめていたソフィアが、声を張り上げた。

「あなたが望むものを、用意出来るかもしれません」

「ほう。あの時、私を邪魔した小娘じゃないか。確かにお前さんも美しいが……」

「ソフィア、駄目だ！」

僕の制止を振り切って、彼女が一歩踏み出す。

「私はきっと、あなたを満足させるものを用意出来ます。明日の夜、もう一度、交渉させて頂けないでしょうか」

今、この場でソフィアの身体の一部を渡すわけではないのか？　それなら反対する理由もないが、一体、彼女は何を用意するつもりなのだろう。

要求が通らないなら、薬は作らない。魔女はそういう態度を貫いている。舌先三寸で言いくるめられる相手でもない。

「良いだろう。明日の夜、もう一度、来よう。ただし、それが最後のチャンスだよ。私は絶対に妥協しない。ゆめゆめそれを忘れないことだ」

7

満月が海を照らす、明るい、明るい夜だった。

波止場の先に王子が立つと、波も立てずに、魔女が浮かび上がってくる。

昨日もそうだったけれど、魔女の長い髪は濡れていない。彼女が不思議な力を持っていることは、疑いようのない事実だった。

「これが人魚になるための薬だよ」

魔女が掲げた小瓶が、月の光を反射する。

「さあ、次はそちらが誠意を見せる番だ」

「ああ。こちらも準備万端整っている」

右手を掲げ、王子が指を鳴らす。

次の瞬間、暗い海の中から、武器を持った人魚たちが、魔女をぐるりと囲むようにして現れた。兵士の格好をした彼らは、全員が長い槍を手にしている。

「ほう。善良な海の住人である私を捕まえるつもりかい？」

人魚の兵隊たちに囲まれても、魔女の顔に浮かぶ余裕の笑みは変わらなかった。

「人魚の国のお姫様なら、軍隊を動かすくらい造作もないか。ただ、残念ながら、お前さんたちは分かっていないようだ。私を捕まえることなど出来ないよ」

「海の魔女よ。誤解させてすまない。彼らの任務は、あなたの捕獲ではなく、姫たちの護衛だ。さっさと紹介した方が早いな。お姉様たち、出て来て下さい！」

王子が海に向かって呼びかけると、美しい髪飾りをつけた五人の人魚が現れた。

「ほう。これは驚いた」

現れた人魚姫の姉たちを見て、魔女はいやらしい笑みを浮かべる。それから、魔女はソフィアに視線を向けた。

「どうして私の欲しい物が分かったんだい？　聖堂の近海で邪魔をされた時から不思議だったが、お前さんは一体何者だ？　どうして私の心が読める？」

僕が介入したことで、今回の物語では、魔女は人魚姫の姉たちとは交渉していない。だから、意味が分からないのだろう。

ソフィアは王子の隣に立ち、声を張り上げる。

「あなたの質問に私が答える義理はありません。交渉を続けましょう。あなたは人魚姫の声と彼の瞳、そして、王子の心臓を対価に求めましたが、もう一つ欲しい物がありますよね。それを用意させて頂きました。人魚たちの美しい髪の毛です！」

ソフィアの言葉を受け、人魚姫の五人の姉たちが髪をかきあげる。月明かりの下でも彼女たちの髪が輝いているのは一目瞭然だった。

本来の『人魚姫』では、妹が泡になってしまうのを防ぐために、姉たちが魔女に交渉を持ちかけている。そして、彼女たちは髪の毛と引き換えに、妹を人魚に戻すためのナイフを受け取っていた。

そう、魔女が欲しいものは、もう一つあったのである。

僕だって『人魚姫』をすり切れるほど読み込んでいる。だけど、こんな提案は思いつかなかった。あんなに考えたのに気付けなかった。

物語管理官として作品と真摯に向き合っていたからこそ、ソフィアはこの起死回生のアイデアに辿り着いたのだろう。

「妹が幸せになるためであればと、お姉様たちが協力を申し出てくれました。さあ、今度はあなたが選ぶ番です！　王子があなたに渡せるのは、財宝と人魚の髪です。それでも足りないというのであれば、次はどうなっても知りません！」

魔女を囲む輪の外から水しぶきが上がり、王冠を被った人魚が現れる。

「これは、これは、海の王様。娘のために勢揃いというわけですか」

「魔女よ。私はこの男が気に入った。人間の王子でありながら、娘を幸せにするために人魚になりたいなんて、見上げた心意気じゃないか。ぜひとも息子として迎えたい。娘たちの髪の毛があれば、対価としては十分であろう。さあ、薬を渡すが良い」

「足りないと言ったら？」

「その時は、我が軍勢が、お前を海の果てまで追い回すことになる」

王様の断言を受け、魔女は観念したように笑った。

「それは少し骨が折れそうだ。良いでしょう。薬を渡そうじゃありませんか。ただし、五人分の髪の毛はきっちりと頂きますよ」

交渉がまとまると、人魚姫が海の中へと飛び込んだ。

「私のために、お姉様たちの美しい髪が！」

泣きながら顔を上げた人魚姫を、五人の姉たちが抱き締める。

「心配いらないわ！　あなたが幸せになるためだもの！」

「髪なんてまたすぐに伸びるわよね」

「知らないの？　北の海では短い髪が流行《はや》っているのよ」

「まさか一番幼いあなたが、最初に結婚するとはねぇ」

「どうやって、こんなに素敵な男の人を射止めたの？　早く馴れ初めを聞きたいわ！」

どうやら上手く話がまとまったようだ。

人魚姫はこんなにも家族に愛されている。そして今、生涯、彼女を愛してくれるだろう伴侶とも出会った。今度こそ、『人魚姫』の結末は変わったはずだ。


五人の人魚の髪の毛を受け取った魔女は、いつの間にかウミヘビと共に消えていた。

波止場の先に立ち、王子は小瓶の蓋を開ける。

これを飲めば、彼の人生は大きく変わる。種族が変わるのだから、王宮を飛び出したどころの話じゃない。

「王子。本当に良いいんですか？」

海の中から、不安そうな顔で人魚姫が問う。

「もちろんだ。君と一緒に生きられるなら、俺は何者にでもなって見せる！」

言い終わると同時に、王子は薬を一気に飲み干した。

次の瞬間、王子の身体がくの字に折れ、倒れ込むように頭から海に落ちていく。

「王子！」

本来の物語では、人魚姫は薬を飲んだ直後、死んだように気絶してしまう。王子の身体が海の中に沈み、姫が助けに向かおうとしたその時、

「これが人魚の身体か！」

叫びながら、勢いよく王子が海の上に飛び上がった。

それから、王子は見事な泳ぎで、人魚姫と海の王のそばに辿り着く。その足が尾びれに変わっており、目映いばかりに月の光を反射していた。

「うむ。これでお主は人魚だ」

「はい。俺も人魚です。お義父《とう》様！」

「よし、では若い二人の気が変わらぬうちに、城に帰って結婚式を執りおこなおう！」

人魚というのは実に気が早い生き物らしい。人魚姫は王子に一目惚れし、あっという間に人間になる覚悟を決めたが、せっかちな性格は父親も変わらないようだった。

「本当にありがとうございました！」

海の中から王子と人魚姫が僕らに手を振ってくる。

「そうだ。最後に、恩人であるあなたの名前を聞かせてもらえないだろうか」

今度こそ、お別れだ。叶うなら王子の願いに応えたいが、

「すみません。僕は自分の名前を知らないんです」

「それは、どうして……」

「分かりません。でも、お二人を見送ったら、次は、自分の名前を探しに出掛けるつもりです」

「そうか。では、また、いつか会えたなら、教えてくれ！」

嬉しそうに大きく手を振ってから、王子と人魚姫は海の中に消えていった。

8

ようやく『人魚姫』の世界での任務が完了した。

想像以上に長い冒険になったが、成功と考えて問題ないはずだ。

「ソフィア。君がいてくれて本当に良かった。王子と人魚姫の行方を捜していた時、僕は魔女に瞳を渡すことを考えた。それしか方法がないなら仕方ないと覚悟した。何を失うこともなく、この結末に辿り着けたのは、君のお陰だ」

僕は一年間、『人魚姫』を自分の物語だと思い込んでいた。物語の鍵が現れた暁には、禁忌を犯してでも飛び込むつもりでいたから、何度も細部まで読み込んでいた。

しかし、魔女が人魚姫の姉たちの髪の毛を欲しがることに、気付けなかった。ソフィアの機転がなければ、任務が成功したか分からない。

「いつも皆の幸せを願っている王子を見ていたから、私も立派な物語管理官を目指そうと思えたんです。だから、今日、人魚姫たちを救ったのは、やっぱり王子です」

一度は裏切ってしまったのに。どうして彼女は今でも、こんなに……。

「城に戻ったら、僕は管理官の資格を剝奪されるかもしれない。でも、君のような後任がいれば、安心だ」

「この難しい物語を救ったのは王子です。皆、分かってくれますよ。それに、あなたは『人魚姫』の王子ではなかったじゃないですか。ルールには抵触していません。何より姫と女王は私たちを騙していた。王子だけが責められるなんて納得出来ません」

「だとしても、僕はそうと知りながら罪を犯した。その事実は揺るがない。時空の扉が破壊されていたけど、あれは僕への罰だったのかな」

「扉を破壊したのは雪の女王です。罰を与えたというより、面白がっているように見えました。ああいう方ですから、真意は分かりません」

物語管理局は親指姫と雪の女王が造った城だ。対照的な性格の二人は、意見を異にすることも多い。少なくとも仲良しには見えない。だが、僕とソフィアの正体にまつわる嘘は、二人が共謀して仕組んだもののように感じる。

地下劇場に通じる扉は、聖堂近くの森にあるという。

掟を破った僕を罰するために、女王が時空の扉を破壊したのだとすれば、地下劇場から帰還することも阻まれるかもしれない。もしも女王に邪魔されたなら、その時はソフィアだけでも城に帰そう。

悪いのは僕だ。こんなにも優しい彼女を、巻き込むわけにはいかない。

ソフィアに導かれ、森の奥へ進むと、広葉樹の狭間に精巧なレリーフの扉が鎮座していた。真鍮《しんちゅう》の取っ手を回し、彼女が扉を開く。

扉をくぐれるのは、行きも帰りも一度だけだ。

二人で通過するためには、手を繋がなければならない。

「信じて下さい。私は王子の味方です」

差し出された彼女の小さな手を握る。

「もう疑っていないよ」

君が僕を騙していたのなら、わざわざこの世界に助けには来ない。

「約束する。僕はもう、君のことは絶対に疑わない」

親指姫たちに嘘をつかれていたのは、彼女も同じだ。むしろ、この状況では、唯一の同志とさえ言える。

「帰ろう。本当の自分を知るために」


扉をくぐり、舞台の上に立つと、心なしか劇場の中がいつもより薄暗く感じた。

舞台にも、袖の奥にも、客席にも、人影はない。

「城に向かおう」

地下劇場に出入りするための階段は、物語管理局の庭園に通じている。昼も夜も湧き上がっている噴水に隠れているため、誰かに位置を教えてもらわないと気付けない。

頭上の光を目指し、階段を上り始めてすぐに、身体が震えた。

怖気づいたわけじゃない。冷気を感じたからだ。

地上に出ると、太陽が隠れ、間断なく雪が降っていた。いや、吹雪《ふぶ》いていた。

物語管理局で暮らし始めて一年が経つが、こんな景色は初めて見た。

「女王の仕業か」

「何のためにこんなことを……」

「深く考えない方が良い。意味のない行為を好む方だ」

物語管理局で雪を見るのは初めてなのに、不思議と抵抗も驚きもなかった。

『マッチ売りの少女』の世界に飛んだ時も、そうだった。一面の雪景色、身体が芯から冷えるような寒さに、むしろ懐かしさを感じた。

僕が生きていたのは、冬の物語だったのかもしれない。

吹雪の中、はぐれないようにソフィアの手を取り、城の扉を目指す。


正面扉を開けると、けたたましい金属音が連続して鳴り響いた。

まるで侵入者を知らせる警告音だ。いや、実際、そうなのか？

『人魚姫』の世界に旅立っていた僕とソフィアが帰って来たことを、城内の皆に知らせるために？　でも、どうして？

玄関ホールにも、中央広間にも、人影が見えない。真夜中ならともかく、こんな城内は初めてだ。この光景が何を示唆しているのか、見当もつかない。ただ、のっぴきならない何かが起きているということだけは、誰に説明されなくとも分かった。

普通じゃない。これは平時の物語管理局じゃない。

「私が旅立つ前は、皆さん、普段と変わらない様子だったのに」

「天空の間に向かおう。一刻も早く姫に会いたい」

螺旋階段に辿り着くと、上層階から金槌を叩く音が聞こえてきた。

吹き抜けから頭上を確認すると、オウガの子どもたちが階段の途中に、バリケードを築いていた。行動も意味不明だが、それよりも驚かされたのは、

「彼らって何人兄弟なんですか？」

「僕が知っているのは三人だけだ」

「ですよね。私も三人が一緒にいるところは見たことがありますけど」

上層階の螺旋階段には、十人を超えるオウガの子どもたちがいた。彼らは子どもとはいえ身体が大きい。あれだけの数が城で暮らしていたのに、今日まで気付かなかったというのは不自然だ。

この一連の違和感は何を示唆している？　僕とソフィアの正体に関係なく、突然、何かが始まったのか？　それとも、僕らが『人魚姫』の王子でも、『赤い靴』のカーレンでもないことに気付いたから、異変が始まったのか？

ソフィアと共に、螺旋階段を上っていく。

五階に辿り着き、階下から見えた光景が勘違いではなかったことを理解した。

オウガの子どもたちが築いていたのは、鉄の柵を使用したバリケードであり、螺旋階段を封鎖するものだった。

「何をしている？　どうしてこんな物を作った？」

僕の問いには答えずに、彼らは逃げるように去って行く。

鉄の柵で作られたバリケードは天井まで届いていた。しかも螺旋階段の吹き抜け部分から横抜け出来ないよう、ご丁寧に返しまでついている。

城内で階上に上がる手段は西棟にもある。しかし、案の定、そちらの螺旋スロープにも既にバリケードが築かれていた。

「話し合う気もないということか」

「これって王子と私を通せんぼするための物ですよね。やっぱり、この異変は……」

「僕と君にだけ隠された真実があるってことだ」

「隠された真実？」

「君の名前は、ソフィア・リンドだったね。僕の名前も分かれば、何か手がかりが見つかるかもしれないけど」

「思い出せませんか？」

「すまない。僕自身についても、ソフィアという名前についても、思い出せない」

この世界に召喚された者は、物語管理局に辿り着いた時点で記憶を失う。実際、僕とソフィアは過去の出来事を何一つ思い出せていない。

雪の女王はソフィアに本当の名前と職業を教えたのに、彼女が生きた物語は秘密のままにした。そこに一連の異変の謎を解く鍵がある気がする。

このバリケードを取り除こうと思ったら、骨が折れる。窓から外壁をつたって上層階へ向かった方が早いはずだ。確か、掃除用のかけ梯子が……。

「王子。この事態と関係あるか分かりませんが、一つ、司書のアヒル君に確認したいことがあります。幻想図書館に寄り道しても良いですか?」

「もちろん。今のままじゃ五里霧中だ。思いついたことは何でもやってみよう」

ソフィアの閃きには常人ならざるものがある。『マッチ売りの少女』でも、『裸の王様』でも、『人魚姫』でも、最終的に皆を救ったのは、彼女の機転だ。

姫と女王が僕らの正体を隠したことには、きっと理由がある。

悪人だから。大罪人だから。

思い出すことすら耐えられないような悲しい物語を生きたから。

様々な可能性が考えられるが、正解が何にせよ、ろくな理由じゃないはずだ。

本当に、一体何が起きているのだろう。

幻想図書館からも人影が消えていた。

アヒル君をはじめとする司書の姿も見当たらない。広い図書館の中をぐるりと一周してみたけれど、やはり誰一人見つけることが出来なかった。

「アヒル君に確認したかったことというのは、何だったんだい？」

「私、『みにくいアヒルの子』を読んだんです。アヒル君にはいつもお世話になっていますし、彼の物語が知りたくて。王子も読みましたか？」

「もちろん」

「彼はとても悲しい人生を送っています。一羽だけ身体が大きくて、不格好な姿で、そのせいで兄弟たちにいじめられて、とうとう逃げ出してしまいます。何処に行っても上手くやれなくて、散々つらい目に遭います。でも、彼の姿が兄弟たちと違ったことには理由がありました。いつかの水辺で憧れた白鳥、それが彼の本当の姿だったんです。物語の終盤、彼は仲間たちに迎え入れられ、生まれて初めて褒められます。そして、こんなに幸せになれるなんて思わなかったと言って、物語を終えています」

ソフィアの顔に愁《うれ》いが落ちる。

「『みにくいアヒルの子』は悲しい物語です。読んでいる間、私はずっと苦しかった。でも、おかしいと思いませんか？　だって、彼は不幸になっていません。ここは物語の中で幸せになれなかった者だけが、辿り着く場所なんですよね？　物語の途中で不幸だった者も、その対象になるんですか？」

彼女の指摘を受けて、初めてその違和感に気付いた。

「確かにアヒル君は幸せな結末を物語の中で迎えている。ただ、この城で暮らす彼は、まだ成人前の姿だ」

「物語の途中で、この世界に召喚されたということですか？」

「そう考えれば辻褄が合うけど、そんな話は親指姫から聞いたことがない。彼も嘘の正体を教えられていて、本当は『みにくいアヒルの子』ではなかったということかな」

「嘘だったのは、そっちでしょうか？」

「どういうこと？」

「物語の中で不幸になった者だけが物語管理局に辿り着く。私たちが教えられていた、その前提条件が間違っているんじゃないでしょうか。別の作品も確認したんです。王子は『親指姫』を読みましたか？」

「ああ。親指姫はヒキガエルに誘拐され、コガネムシに捨てられ、助けてくれた野ネズミに、モグラとの結婚を強要されている。僕の記憶は正しいかな？」

「はい。それで時系列通りです。続きも覚えていますか？」

「命を救ったツバメに、今度は自分が助けてもらったはずだ。それから、確か花の妖精の国に連れて行かれたよね」

「はい。そこには小人の妖精たちが暮らしていて、親指姫はその国の王様に求婚され、幸せになります」

　つまり『みにくいアヒルの子』と同じということか。

身体が小さく、美しい姫は、物語の中で散々な目に遭った。だが、アヒル君と同じように、これ以上ないくらい幸せになっている。

「『親指姫』の中で幸せになれなかった登場人物がいるとすれば、姫を救ったツバメだと思います。彼は姫に恋をしていましたから。ただ、それも解釈の問題かもしれません。彼は大切な姫の幸せを見届けています。実際、物語管理局にツバメはいません」

「ソフィア。君は『雪の女王』を読んだかい？」

彼女の首が横に振られた。

「僕もだ。女王はああいう方だからね。その過去を知って、同情してしまうのも嫌で、今日まで読むのを避けていた。でも、この城を動かしているのは、姫と女王だ。二人のことを、きちんと理解すべきだろう」

「はい。バリケードのせいで、姫にも会いに行けませんし、今、読みたいです。私、探して来ますね」

返事も待たずに駆け出した彼女の後ろ姿を眺めながら、不思議と胸が熱くなっていくのを感じていた。一人でこんな状況に追い込まれていたなら、途方に暮れてしまったかもしれない。だが、今の僕は一人じゃない。

仲間がいる。

それは、何て心強いことなのだろう。

一冊の本を広げ、二人で同時に読んでいく。

悪い予感が当たったと言って差し支えないだろうか。

『みにくいアヒルの子』、『親指姫』に続き、『雪の女王』もまた、不幸とは言えない結末を迎えていた。

「私の読解力の問題なんでしょうか。女王も不幸になっていませんよね？」

「そうだね。幸せになったかは分からないけど、少なくとも不幸にはなっていないはずだ。君の理解に間違いはないと思う」


『雪の女王』の主人公は、カイとゲルダという仲良しの少年少女である。

タイトルにもなっている雪の女王は、むしろ悪役だ。女王がカイの心を奪い、ゲルダの前から少年を連れ去ってしまうことで、物語は大きく動き始めるからだ。

カイを取り戻すため、ゲルダは紆余曲折を経て、雪の女王の城に辿り着く。

そして、ゲルダの涙に触れたカイは心を取り戻す。

その後、氷の城から帰った二人は、いつまでも幸せに暮らすのである。

女王は心を支配して手元に置いた少年を、少女に返している。だが、それで女王が不幸になったわけではない。女王はただ、人を操ることを楽しんでいた印象だ。少年を愛していたわけではないし、明確な目的があったのかもよく分からない。

僕らが知っている女王と同様、最初から最後まで思考が読めない人物だった。

「聞かされていたルールが正しいなら、アヒル君も、親指姫も、雪の女王も、物語管理局に召喚されるはずがない。姫と女王は物語管理局を作った人間だから、例外なのかもしれないけど、それでも」

「私たちは嘘のルールを教えられていたということですよね？」

「そうなると思う。問題はどうして二人が嘘をついたのかだ。彼女たちは僕と君に偽りの名前と物語を教えた。そして、物語管理局のルールについても偽証した。僕と君が生きた物語が、よっぽど危険だったのか、それとも……」

「親指姫も騙されていて、女王が黒幕という可能性はありませんか？　物語の鍵が現れるのは、女王の部屋です。姫も女王に騙されているのかもしれません」

「物語管理局の城主は、親指姫だ。彼女の意思に従い、城は運営されている。長く姫に仕えてきたけど、女王に操られているとは考えにくいかな」

『人魚姫』の世界から戻って来て以降、『ジャックと豆の木』のオウガの子どもたちしか見ていない。とにかく誰かを捕まえて話を聞きたいが、城内からは人影が消えている。

「もう一つ、確認したいことが出来た。女王の部屋に行こう」

【氷の館】もこの階層にある。

空中回廊が封鎖されていなければ部屋に入れるはずだ。

「物語管理官に救われた物語には、【記憶の鍵】が存在する。『親指姫』と『雪の女王』の鍵を探そう。二人の鍵が見つかっても、見つからなくても、手がかりになる」

僕は、もともとこの時空が存在していて、そこに最初に召喚された二人が、物語管理局を作ったのだと考えていた。だけど、真実は逆なのかもしれない。

あの二人がこの世界に最初からいて、物語管理局を作ったのだとしたら……。

9

雪の女王の自室である氷の館には、主の姿がなかった。

壁にかけられた記憶の鍵には、その物語の名前が刻まれている。二手に分かれ、両端から壁にかけられた鍵を、一つずつ確認していくことにした。

気が遠くなるような作業だったが、半ば確信があった。物語の中で不幸になっていない者は、誰かに救われる必要もない。ここに『親指姫』と『雪の女王』の記憶の鍵はないはずだ。

三十分ほど確認したところで、

「王子！　あれを見て下さい！」

ソフィアが僕を呼んだ。

まさかどちらかの鍵が見つかったのか？　姫も女王も不幸になっていないのに、どうして二人の鍵が……。戸惑いを覚えながら、ソフィアが指差した先に目をやると、記憶の鍵に『赤い靴』と刻まれていた。

『赤い靴』はソフィアの出自として聞かされていた物語だ。カーレンという少女が靴に魅了され、赤髭の老兵に呪われ、両足を失うまで踊り狂う悲劇の物語である。

「女王の話が正しければ、私はカーレンではなくソフィア・リンドです。『赤い靴』の記憶を確認したところで意味はないかもしれません。でも、気になります」

「そうだね。君は両足が健在だから、カーレンではあり得ない。でも、まだ大人になっていないアヒル君の事例もある。この目で確かめておきたい」

『赤い靴』の鍵は高い位置にかけられていたが、背伸びをすれば届いた。

この鍵に封印された記憶を確認すれば、今度こそ様々なことが明らかになる。姫は恩人であり、物語管理局における師だ。疑いたくなんてないけれど……。

記憶の鍵を振ると、大きな鏡が現れた。

波打つように鏡面が揺れ、『赤い靴』の物語が始まる。

そして、僕らはすぐに、今日まで秘されていた真実を知ることになった。

『赤い靴』の主人公カーレン、その少女の顔に見覚えがあった。

「王子、この子って……」

「ああ。間違いない」

親指姫に仕えている侍女、車椅子に乗ったメイド服姿の少女だ。

彼女こそが本物の赤い靴を履いた女の子、カーレンだったのだ。


「おやおや。記憶の鍵を無断で使うとは、悪い子たちだ」

何処からともなく低い声が響き、一瞬で目の前にあった鏡が消失した。

その向こうから、この部屋の主、雪の女王が現れる。平時と変わらぬ不気味な微笑を湛えて、彼女は僕らを見つめていた。

入口は僕らの後方にある。どうやって移動したのか、手段も理屈も分からないが、考えるだけ無駄だろう。女王は僕らには理解出来ない力を持っているし、説明を求めても、どうせ本当のことは教えてくれない。

「車椅子の彼女が本物のカーレンだったんですね」

答えてはもらえないのではと思ったが、意外にも女王は素直に口を開いた。

「あの子はね、かつて禁忌を犯したのさ」

「禁忌？」

「王子と同じだよ。カーレンは別の管理官から物語の鍵を奪い、『赤い靴』の世界に飛び込んだのさ。そして、靴が踊り出すきっかけを作った、赤い髭を生やした老兵の正体を暴こうとした。カーレンは老兵が靴に呪いをかけたせいで、両足を失ったと思い込んでいたからね。だが、経験を積んだ君たちなら、もう分かるだろう？　誰かを恨み、復讐に囚われた時点で、絶対に上手くいかないのさ。幸福と不幸は天秤には掛けられない。反対に乗っている誰かを貶めたところで、自らの運命は変わらない」

「つまり彼女は失敗したんですね。その後、どうなったんですか？」

「事態を知った親指姫が慌てて追いかけてね。すんでのところでカーレンを破滅から救ったよ。姫は度が過ぎたお人好しだからねぇ。それから、二度と過ちを犯さないように、カーレンは姫に仕えるようになった」

「姫が本当にお人好しなら、僕らに嘘なんてつかないはずです」

「何の話だい？」

分かっているくせに女王は嘯く。

「姫は彼女がカーレンだと言ったじゃないですか」

「この子はソフィア・リンド。オペラ歌手だよ」

いけしゃあしゃあと女王は断言する。

「僕にも嘘をつきましたよね。僕は『人魚姫』の王子ではなかった。でも、姫も、あなたも、長らく僕やソフィアを偽りの名前で呼び続けた」

「それはどうだろう。まだ君が王子ではないと決まったわけでもないだろう？」

「でも！　少なくとも『人魚姫』の登場人物ではなかった！　教えて下さい。僕とソフィアは何者なんですか！　僕たちが生きた物語を、あなたは知っているんでしょう？」

およそ無理だと知りながら、詰め寄り、その腕を摑もうとしたけれど、霧のように女王は消えてしまった。

「落ち着きたまえ。王子、君に怒った顔は似合わない」

手の届かない宙に、女王が浮いていた。その顔に貼り付いた、人を小馬鹿にしたような笑みも変わらない。

「女王！　今、この城では何が起きているんですか！　あなたたちはどうして僕らを騙したんだ！」

「答えは親指姫に聞くと良い」

そう言って、女王は左右の手を僕らに向かって振った。

次の瞬間、床の雪が盛り上がり、そこから、オウガの子どもたちが出現した。

テレポート？　いや、違う。彼らは今、雪の中から立ち上がった。

「まさか彼らが『ジャックと豆の木』の登場人物というのも嘘で……」

「さすがは王子。ご明察だ」

気付けば、扉の前に女王が移動していた。

「彼らはオウガの子どもたちじゃない。私が作った可愛い【雪人形】さ。さあ、お前たち、私が逃げる時間を稼いでおくれ」

女王の指示を受け、雪人形と呼ばれた彼らが凄まじい咆哮をあげた。

あまりの轟音《ごうおん》に、耳を押さえて後ずさる。雪に足を取られ、転びそうになったソフィアを抱きとめると、その顔が恐怖で引きつっていた。

「大丈夫だ。僕がいる」

今日までオウガの子どもたちと信じていた彼らの目が、赤く光っていた。オウガの目が赤く発光するなんて記述、『ジャックと豆の木』には存在しない。認めざるを得ないだろう。彼らはオウガの子どもではなく、女王が作った生物なのだ。

「女王を追う。走るよ！」

ソフィアの手を引き、雪人形たちの間を駆け抜ける。

僕らを捕まえようと雪人形たちの手が迫ってきたけれど、身体をひねって、何とかその間をすり抜けた。

扉を開けると、天候が嘘のように変わっていた。さっきまで吹雪いていたのに、今度は雲一つない快晴である。

女王は丁度、空中回廊を渡りきったところだった。

「おやおや役に立たない子どもたちだ。私たちには時間が必要だというのに」

言葉とは裏腹な笑みを浮かべ、女王は右手を僕に向かって振った。

氷の館から突き出している無数の氷柱が変化し、扉の左右から雪人形が現れる。

彼らの手が伸びてきたが、今度は僕が反応する前に、ソフィアに腕を引っ張られた。

たたらを踏むように、二人で空中回廊を駆け出す。

「待って下さい！　まだ聞きたいことがあるんです！」

「待てと言われて待つ女はいないさ。王子、それが恋というものだ」

ふざけたことばかり！　何が恋だ！

「絶対に捕まえてやる」

ソフィアと並んで全速力で空中回廊を駆け抜ける。

しかし、女王は僕らを嘲笑《あざわら》うかのように、宙を蹴り、そのまま冗談みたいに外壁を駆け上がっていった。

「何でもありかよ」

「あの人は重力も関係ないんですか？」

「重力というか、むしろ常識が作用しないのさ」

「何だか、だんだん腹が立ってきました」

「気が合うね。僕もだよ」

『人魚姫』の世界に飛び込み、僕は自分が誰なのか分からなくなった。

仲間を裏切り、信頼を踏みにじり、それでもと覚悟を決めて飛び込んだ世界で、自分というものを見失ってしまった。

怖かった。不安だった。孤独と混乱で心がぐちゃぐちゃになった。

だけど、どうしてだろう。今は不思議と勇気がみなぎっている。

まだ何一つ分からないのに、残酷な過去や認めたくもない真実が待っているかもしれないのに、探求をやめようという気持ちにはならなかった。

「城壁を掃除するための梯子がある。窓から上階に上がって、天空の間を目指そう」

10

空中回廊を渡り、バルコニーに出ることで、雪人形の追跡は振り切ることが出来た。

追手の心配はなくなったが、螺旋階段にバリケードを築かれたように、梯子を使って上階に登ることも、妨害される可能性がある。それこそ木材などで窓を塞がれてしまったら、外からではどうしようもない。

しかし、懸念は杞憂に終わり、梯子と窓を経由して、上階に降り立つことが出来た。

バリケードを築いていた雪人形は既に消えている。

逃げて行った女王はもちろん、ほかの住人の姿も見えない。

親指姫か女王の指示で、皆が身を隠しているのは間違いないだろう。

一体、何が目的で、僕らにだけ嘘をついたのか。

真実を隠す理由は何なのか。

答えは分からないが、ここまで来たら、もう考える意味もない。親指姫に会い、直接、すべてを白状してもらうまでだ。

結局、バリケードを越えた後は、天空の間に辿り着くまで誰にも会わなかった。

螺旋階段から繋がる通路の先には、様々な部屋がある。皆がそういった部屋にいるだけという可能性もあるが、僕らが真実を求めて走り出した今日に限って、全員が自室にこもっているなんて偶然、起こるはずがない。

金色の巨大な扉に左右から手をかけ、ソフィアと二人で開け放つ。

辿り着いた天空の間に待ち構えていたのは……。

「お待ちしていました」

車椅子に乗った本物のカーレンが左手を宙に差し出しており、その上に、いつものように親指姫が立っていた。逃げるでも、惑うでもなく、姫は信念みたいな何かを瞳に湛えて、僕たちを真っ直ぐに見つめていた。

彼女が待ち受けていることは予想していたが、こんな光景は想像出来なかった。

天空の間にいたのは、姫とカーレンの二人だけじゃない。

マッチ売りの少女、裸の王様、みにくいアヒルの子、ひばり、ヒナギク、一本足のスズの兵隊、沼の王の娘、小夜啼鳥《ナイチンゲール》、雪だるま、パンを踏んだ娘――この城で暮らしている皆が、種族も職種も問わず集まっていた。

雪人形たちが螺旋階段にバリケードを築いたのは、僕らが天空の間に向かうのを防ぐためではなく、皆が集合するための時間稼ぎだったのかもしれない。

そこで気付いた。集まっているのは、既知の友人たちだけじゃない。

ついさっき物語の世界で救ったはずの人魚姫と王子まで、目の前にいた。しかも、二人の足はどちらも人間のものだった。王子は人魚になったはずなのに、どうして……。

彼らの後ろには、人魚姫の姉たちや王様、海の魔女までそろっていた。

一歩、前に進み、声高に問う。

「『親指姫』を読みました。姫、あなたは物語の中で不幸になんてなっていなかった。それなのに、どうして、この城にいるんですか？」

この場に雪の女王の姿はないけれど。

「おかしいのは姫だけじゃありません。女王も、アヒル君も、悲しい結末なんて経験していないはずです。僕が気付いていないだけで、この場には、ほかにも不幸になっていないのに、物語管理局に召喚された方がいますよね。説明して下さい。この城は何なんですか？　どうして僕たちは嘘を教えられていたんですか？」

姫は僕から目を逸らしたが、回答から逃げるためではなかった。

振り返った姫は、鉄の玉座の向こうにある大きな窓を指差す。窓の向こうにそびえているのは、僕らが足を踏み入れたことがない山のように巨大な城だ。

「王子、あの黒い城が見えますね」

「ええ。何度尋ねても、その正体を教えてもらえなかった城です」

「ようやく、お答え出来る日がきました。あの城こそが本物の物語管理局です」

本物の物語管理局？　じゃあ、ここは……。

「私たちが暮らすこの城は、物語管理局の庭に造られた離宮に過ぎません」

「ここは物語管理局ではないということですか？」

「最初から説明しましょう。ご指摘の通り、私は嘘をつきました。物語管理局とは不幸になった者が辿り着く場所ではありません。物語を終えた者が辿り着く場所です。ですから、幸せな結末を迎えた私たちも、この世界にいます」

「じゃあ、物語管理官というのは何なんですか？　僕らが誇りを感じていたこの仕事も、ただの幻想だったんですか？」

　親指姫の首が横に振られる。

「いいえ。物語管理官は王子が信じた通りの立派な仕事です。その務めも王子が理解しているものに相違ありません。私と雪の女王は、あの本物の物語管理局で、管理官を務めていました。今のあなたたちと同じように、古今東西の物語に飛び、不幸になってしまった登場人物たちを救ってきました」

　つまり、物語管理局に辿り着く条件は嘘だが、物語管理官の務めは本当だったということか？　でも、それなら、

「この離宮は何なんですか？」

「私と女王が作った、もう一つの物語管理局です」

「何を言っているのか分かりません。だって不幸になった者は、あの黒い城で救えるんですよね？　何のためにそんなことを？　姫、あなたが僕らに嘘をついた理由も分かりません。皆が僕らから距離を取り、あなたの側にいるのは何故ですか？　どうして僕と

ソフィアをそんな目で見つめているんですか?」

姫だけじゃない。皆が切迫した表情で僕と彼女を見つめている。

「教えて下さい。僕は一体、何者なんですか!」

「王子。あなたは今日まで、物語管理官として立派に任務を果たしてきました。誰一人諦めずに、救おうとしてきた。あなたは人を笑顔にすることを、自分の幸せだと信じている人です」

「それが何だって言うんですか? 質問の答えになっていません!」

「王子。この離宮を造ると決めた時に、皆で相談しました。この城をどんな城にするのか、何度も話し合いました。そして、この答えに辿り着きました。ここを、もう一つの物語管理局にしよう。私たちが務めている仕事を、こちらの離宮でも継続しよう。だって、王子、あなたは人を幸せにすることに、何よりも喜びを感じる方でしょう?」

「分かるように話して下さい。抽象的な話は、もううんざりだ。僕は怖い。自分が誰なのか、自分が何者なのか分からなくて、本当に不安なんです」

「王子、最後に一つ聞かせて下さい。物語管理官として働く日々は、幸せでしたか?」

「答えたら、僕の質問にも答えてもらえますか?」

「もちろんです」

「幸せでしたよ。誰かを笑顔にするよりも幸せなことなんてない」

正直な胸の内を告げると、姫と城の仲間たちの顔に微笑みが浮かんだ。

「それは良かった。王子、今まで沢山の嘘をついたことを、お許し下さい。でも、分かって欲しい。私たちはあなたを幸せにしたかったのです。だって、あなたの人生は哀しみに満ちていたから。こんなにも皆を、私たちを愛してくれたのに、誰よりも愛されることを望んでいたあなたは、生涯、孤独だったから」

僕が孤独だった？

「はっきり言って下さい。僕が生きた物語の名前を！」

その時、目の前で突然、雪の破片が舞った。

そして、次の瞬間、僕と姫の間に雪の女王が現れる。

「やれやれ、私の到着を待たずにクライマックスじゃないか」

女王が掲げた右手に、七色に輝く鍵が握られていた。

「私にも得手不得手がある。【真実の鍵】を作るのは、骨が折れるんだ」

そう言って、女王は七色に輝く鍵を姫に渡した。

真実の鍵なんて名前、聞いたことがない。僕が知っているのは、記憶の鍵、物語の鍵の二種類だけだ。

「ようやく舞台が整いました」

カーレンの手の上で、姫はほとんど自分と変わらないサイズの鍵を掲げる。

それから、僕を真っ直ぐに見つめて……。

「お父様。今度は私たちが、あなたを幸せにします！」

第三部 ◆ 誰《た》がための物語

1

「ハンス。起きて、ハンス」

肩を揺すられ、眠たい目をこすりながらまぶたを開けると、乾いた靴の匂いが鼻をついた。この刺すような痛みは、空腹によるものだろうか。

静かに。あるいは穏やかに。まるで夢から覚めるように。

記憶みたいな何かが、ゆっくりと戻ってくる。

そうだ。僕は、僕の名前は、ハンスだ。

広げた手は爪の中まで汚れていて、鏡に映る姿は、酷く痩せている。服はボロを継ぎ足したもので、とてもじゃないけれど貴族や王族のそれには見えない。

そう。僕は王子でも何でもない。

デンマークという寒い国で生まれた、痩せっぽちの少年だ。


どうして、この世界は不公平なんだろう。どうして、ただ生きていくだけのことに、こんなにも苦しまなければならないんだろう。

お母さんは幼い頃、「物乞《ものご》いに行け」と、毎日、家を追い出されていたらしい。

靴職人であるお父さんは、毎日、家で朝から晩まで休む暇もなく働いているのに、たった三人のお腹を満たす食べ物すらない。

おじいちゃんは、あまりにも暮らしが厳しいせいで、おかしくなってしまった。

いつだって、その日暮らし。お金も、食べ物も、何もかも足りていない。

今夜の夕食も、ほとんど味のしない薄いスープと一切れのパンだった。

それでも、食事が終わると、お父さんがおとぎ話を聞かせてくれた。

僕も、お母さんも、お父さんが話してくれる物語を聞くのが大好きだ。

こんな薄暗い世界でも、物語の中でだけは、願いが叶うからだ。


人生には時折、耐えられない出来事が起こる。

僕が七歳の時、お父さんは兵隊になり、ドイツでの戦争に出かけていった。

見送るお母さんが泣きじゃくっていたことを、よく覚えている。僕もお父さんが銃弾に倒れてしまうと思い、不安と涙を止めることが出来なかった。

だから、二年後に、お父さんが生きて帰って来た時は、本当に嬉しかった。もう一度、一緒に暮らせると知り、たまらなく幸せを感じた。

しかし、幸福な時間は、とても短いものだった。

行軍の途中で敗戦が決まり、お父さんは約束されていた給金をもらえなかった。その上、戦争で疲れ切ってしまい、身体も心も病んでしまった。

お父さんは一晩中、咳をして、うなされるようになった。どうやら軍隊を指揮する幻覚を見ているらしい。

想像の翼を持つお父さんが大好きだったけれど、心を病み、現実と物語の区別がつかなくなってしまうくらいなら、普通の人で良かった。生きていてくれるなら、一緒に笑っていてくれるなら、それだけで良かったのに。

お父さんは僕が十一歳の時に死んでしまった。家族を養うために兵士になり、病気になって、結局、息子と妻を残して、この世から旅立ってしまった。

お母さんが働きに出なければならなくなり、一人きりで過ごす時間が長くなると、僕は自分でも物語や芝居を編むようになった。

お金も食べ物もないけれど、物語の中でだけは自由だ。

幼少期、いつだって物語だけが、孤独の味方だった。


今、僕が見ているこの景色は何なのだろう。

夢？　記憶？　それとも……。


目覚めた時は、ほんの六歳の子どもだったのに、気付かぬうちに成長していた。

鏡に映った身体を見つめ、思い出す。

そうだ。僕は背の高い子どもだった。

ガリガリに痩せているのに、背丈だけはどんどん伸びていく。

時が流れ、お母さんは若い職人と再婚することになった。しかし、僕たちは身分が低過ぎると言われ、新しい父の家に出入りすることを許されなかった。

身分が低いって何だろう。だったら、どうしてそんな人を妻に迎えたんだろう。

お金のかからない慈善学校に通えることになったけれど、それも幸せな時間とはならなかった。いつだって笑われてばかりだったからだ。

音楽の授業では、高い声を女のようだと馬鹿にされたし、乱暴者の子どもたちには、ひょろ長い容姿や出自をからかわれ、暴力を振るわれた。

それでも、学校生活が何もかも最低だったわけじゃない。

ある年、首都のコペンハーゲンから王立劇場の一座がやって来た。そして、彼らの公演に端役として出演したことで、僕は心からの願いに気付くことになった。

お芝居がしたい。舞台で有名になりたい。皆に愛されたい！

人より高い声を馬鹿にされ続けてきたが、戦う場所が変われば、個性は武器だ。

歌って踊れるオペラ歌手になろう！　それが、確固たる目標になった。

だから、周囲の人たちには大反対されたが、故郷を離れ、夢を追うことにした。

十四歳で慈善学校を中退し、僕は単身、コペンハーゲンへと旅立った。

頼みの綱はただ一つ、王立劇場所属の女優に宛てた紹介状である。

希望に胸を膨らませながら、全力の演技を見てもらうと、まさかの反応が返ってきた。「気が触れている」と言われ、即座に追い返されてしまったのだ。

出鼻をくじかれ、仕方なく街の劇場を訪ねてみたが、痩せ過ぎの体軀と、教育を受けていないことを指摘され、相手にされなかった。それは、どちらも僕のせいじゃない。それなのに、自分の力ではどうにもならないことで、僕は夢を真正面から否定されてしまった。

頼れる人もおらず、食いつなぐために家具職人に弟子入りしたけれど、同僚たちの卑猥な冗談に耐えられず、そこもすぐに辞めることになってしまった。

皆と同じことが出来ない。普通でいることが出来ない。

僕はどうして、こんなにも生きるのが下手なんだろう。

これ以上ないくらいの落胆を経て、最後に向かった先は王立音楽学校だった。

行く先々で嘲笑されてきたが、一つだけ絶対的に誇れるものがある。人より高く美しいソプラノの歌声だ。

ここが駄目なら故郷に戻るしかない。

家政婦に部屋に通され、校長の前で歌えることになったのに、僕は試験の最中に泣きだしてしまった。未来が閉ざされる恐怖で、涙を堪《こら》えられなくなってしまったのだ。

だから、校長が「君の声を磨こう」と約束してくれた時は、嬉しくて、天にも昇る心地だった。

あの日、僕は確かなチャンスをつかんだと思った。

ここから人生が好転していくのだと信じた。

しかし、この時も、幼い期待は裏切られる。

僕は真冬になっても、暖かい服を買うお金を持っていなかった。極貧生活のせいで身体を冷やしてしまい、喉を痛めてしまったのだ。しかも、致命的なことに、半年ほどで声変わりまで始まってしまった。

ソプラノの声を失い、校長先生には諦めて故郷に戻るよう勧められたが、夢を追う気持ちだけは殺すことが出来なかった。

もうオペラ歌手にはなれないかもしれない。だけど、やりたいことはほかにもある。お芝居だ。僕は役者になって、人々を笑顔にしたい。熱狂させたいのだ。

だから、どんなに苦しくても、困窮を極めても、帰郷は考えなかった。

夢を追うことを諦めたら、今度こそ、本当に人生は終わりだ。


この記憶の奔流は何なのだろう。

孤独と挫折に満ちた自らの人生を思い出し、苦笑を抑え切れなかった。

物語管理局で、僕は皆に「王子」と呼ばれている。

だが、僕は王子なんて存在とは、ほど遠い人間だ。

田舎の貧しい家庭で生まれ、まともな教育をほとんど受けられないまま育ち、何者にもなれないまま、みじめな人生を歩む若者でしかない。


気付けば、僕は十七歳になっていた。

公費でグラマースクールに通えることになり、コペンハーゲンで生活を続けられることになったけれど、相変わらず光は見えなかった。

在学中、詩を書き続けたし、劇を作り、踊り子見習いも務めてみた。だが、何をやっても芽が出ることはなかった。成績はパッとせず、教師には、才能もないくせに芸術家を気取っているからだと、ことあるごとに叱責された。

こんなに頑張っているのに、誰よりも情熱的に夢を追っているのに、どうして上手くいかないんだろう。どうして誰も僕に気付いてくれないんだろう。

二十三歳で大学に進学出来ることになり、思いつく限りのアイデアを試してみたけれど、やはり社会に認められることはなかった。

記憶に残っているのは、嘲笑と「諦めろ」という言葉ばかりだ。

一筋の希望の光を見つけ、今度こそと手を伸ばしては、挫折する。

声にならない声で、いつだって僕は、「僕に気付いて！」と叫んでいた。

本当に笑ってしまうくらい、何もかも上手くいかない人生だった。


何者にもなれない男に振り向いてくれる女性などいない。

夢も、愛も、手に入らない人生。

一度として心を満たすことが出来ないまま、気付けば二十代が終わろうとしていた。

そんな折、転機は不意に訪れる。

国王から遊学助成金をもらい、世界各国を巡ることになったのだ。そして、ローマ滞在中に書いた自伝的小説が、出版業を営む知人の目に留まった。

「この『即興詩人《そっきょうしじん》』を本にしてみないか？」

そう持ちかけられた時、世界が変わる音が聞こえた気がした。

「僕の思いを世界に届けて頂けるんですか？」

「ああ。これはとても素晴らしい小説だ。きっとヨーロッパ中に届くよ」

期待する度に裏切られてきたけれど、今度こそはという気持ちもある。

僕はもうすぐ三十歳になる。

挫折を繰り返すだけの人生は、もううんざりだ。

「書籍には著者名が必要だ。君の名前を教えてくれ」

「ハンスです」

「それは知っているよ。知りたいのは君のフルネームだ」

彼に限らず、世の中は僕の名前を知らない人間ばかりだ。このまま死ぬまで、それが続くと思っていた。

名をあげることが出来ず、晴れ姿をお母さんに見せることは叶わなかった。

成功したとして、それを喜んでくれる恋人も妻もいない。

でも、僕は、せめて僕だけは、胸を張って、自分のことを祝福したい。

「僕の名前はハンス。ハンス・クリスチャン・アンデルセンです」

2

評判が評判を呼び、読者の声が新しいチャンスを運んでくる。

『即興詩人』がヨーロッパ各国で翻訳出版されると、これまでの人生が嘘のように、僕の書いた物語は人々から求められるようになった。

『親指姫』、『人魚姫』、『空飛ぶトランク』、そして『みにくいアヒルの子』。新しい童話を発表する度に賛辞を受けることになった。

今ではヨーロッパ中の人間が、大人も、子どもも、僕の名前を知っている。

僕が描いた物語で、笑顔になっている。

ずっと、自分が何者なのか悩み続けてきたが、ようやく答えに辿り着いた。僕が果たすべき務めは、ここにあったのだ。

夢を叶え、いっぱしの文化人になった後、心が追い求めたのは愛だった。

寂しがり屋だった僕は、幼い頃から、誰かを、何かを、思いきり愛したかった。

同じ強さで、愛されたかった。しかし、いつだって恋は上手くいかなかった。

人生を振り返った時、この胸を何よりも締め付けるのは、三十代も終わろうかという日々に経験した最後の恋だ。

僕の想い人はスウェーデン生まれの歌手で、その名をヨハンナ・マリア・リンドといった。後にジェニー・リンドとして知られる、十五歳年下のオペラ歌手である。

最初に出会った時、ジェニーはまだ、あどけない少女だった。

しかし、三年の歳月が流れ、演奏旅行で再会した時、彼女は立派な大人の歌手になっていた。そして、僕の本を愛読していること、もう一度、会いたいと思っていたことを伝えてきた。加えて、ジェニーの望みは、もう一つあった。コペンハーゲンの王立劇場に自分を推薦して欲しいというのだ。

ジェニーの瑞々しい歌声は、芸術を愛するすべての人の心に訴えかける。

彼女の声はすべてが真実であり、自然で、その才能は疑いようもなく本物だった。

その才能と人柄に惹きつけられた僕は、やがて生涯最大の恋に落ちてゆく。

栗色の髪と灰色の目を持つ彼女を、どれだけ愛しているか正確に伝えたくて、詩を贈った。彼女の存在に影響を受けて物語を書くことさえあった。『小夜啼鳥』、『柱の下』、『天使』がそれだ。

どうか大袈裟だとは思わないで聞いて欲しい。ジェニー・リンドの存在によって、僕は芸術と人生の尊厳を理解することになったのだ。彼女はそれほどまでに崇高な存在だった。だけど……。

僕の求婚に対し、彼女が告げた答えは「親愛なるお兄様」というものだった。

僕らは互いを尊敬していたし、間違いなく良き友人でもあった。

だが、恋は、愛は、一人の願いだけでは叶わない。

あの頃、僕は三十八歳、彼女は二十三歳だった。若い彼女には無限の未来があり、結婚で夢を手放すなんてことは考えられなかったのだ。

それから、わずかな歳月で、ジェニーはスターへの階段を駆け上がっていった。

その人気は凄まじく、彼女の姿をかたどった少女向けの玩具《がんぐ》まで発売されるほどだった。オペラ歌手が人形になるなんて異例である。彼女がいかに絶大な人気を誇っていたか、それだけでも分かるだろう。

成功を収めたジェニーは、二年後、再びコペンハーゲンへとやって来た。

彼女を迎える市民たちの熱狂は、ほとんど信じられない規模になっていたし、人々はたった一枚の切符を手に入れるために、劇場の前で夜を明かしていた。

ジェニーはもう、ただの歌を愛する少女じゃない。世界的なプリマドンナである。滞在中はいつだって大忙しだったけれど、僕とだけは語り合う時間があった。僕らは最後まで恋人にはならなかったが、親愛なる友情は、恋とは別の次元で成立する。芸術に人生を捧げた僕らは、精神の深い部分で繋がっていたからだ。

気付けば、僕は四十歳になっていた。
そして、ついに、その時が訪れる。
物語管理局で出会った少女、ソフィア・リンド。
ようやく彼女のことを思い出した。
あれはジェニーが最後にコペンハーゲンに滞在した年のことだった。
僕はあの夜、思わぬ場所で、ソフィアと出会っていたのだ。

3

首都滞在中、ジェニーは毎晩、歌劇や音楽会に出演していた。日中も様々なプログラムで予定が埋まっていた。自由な時間など、ほとんどなかったのに、ある日、彼女が真剣な顔で相談事を持ちかけてきた。

「お兄様。コペンハーゲンでは恵まれない子どもたちを救済するための会が開かれていると聞きました。ご存じですか？」

「両親に虐待されていたり、物乞いをさせられている子どもは、この街でも珍しくない。彼らはそういう子どもたちを引き取り、より良い環境で暮らせるように動いているんだ。会員は毎年一定のお金を出しているんだけど、資金は十分ではないみたいだね」

「やはり、お金が足りていないのですね」

僕とジェニーはどちらも貧しい家庭に生まれ育っているが、一つ、決定的な違いがある。それは、僕が家族に愛されてきたのとは対照的に、彼女は望まれて生まれてきた子どもですらなかったということだ。

ジェニーは一歳にもならないうちに、母親のいとこの家に預けられている。両親の愛情を知らないまま成長し、養子に出される形で、七歳の時に実母に捨てられている。

しかし、ジェニーは皮肉にも新しい家で、人生を変える幸運を経験することになった。窓辺で歌っている姿を、通りかかった王立劇場の関係者に見初められたのである。

王立劇場付属音楽校の入学資格は十四歳だ。当時、ジェニーは九歳だったが、圧倒的な歌唱力を持っていたため、特待生として入学を認められることになった。

わずか十歳で劇場に立ったジェニーは、たちまち人気者になる。

しかし、すぐにその出自が彼女を呪うことになった。

娘が有名になったことを聞きつけ、母親がお金目当てで引き取りに来たのだ。

ジェニーは拒絶したが、両親は出生証明書を持ち出して司法に訴える。結局、裁判を経て、彼女は親元へと帰らざるを得なくなり、稼いだお金はすべて、養育費の名目で両親のものになってしまった。

実の両親に裏切られ、食い物にされたジェニーは、後に生涯の友となるルイーズに協力を頼み、家を飛び出す。未成年の子どもが、自らの意志で親元を離れようと決意するほど、精神的に追い込まれていたのだ。

どれだけ名声を得ても、忘れられない痛みがある。ジェニーが劣悪な環境で暮らす子どもたちに胸を痛めるのは、それが他人事《ひとごと》ではないからだ。

「お兄様。一晩、時間をもらえないでしょうか。子どもたちのための興行をやらせて頂きたいのです。私がコペンハーゲンで歌えるチャンスは、これが最後かもしれません。入場料を普段の倍にして、収益のすべてを寄付したいと思います」

ジェニーの発案で開催された慈善興行は大成功を収め、信じられないほどの収益をあげた。この僕でさえ、目を丸くしてしまうほどの額だった。

舞台が終了すると、真っ先に彼女をねぎらった。

「ジェニー。本当に素晴らしい公演だった。きっと、皆、この夜を忘れないだろう」

「ありがとうございます。お兄様にも喜んで頂けて嬉しいです」

「今日の収益で、これから何年もの間、子どもたちを支援出来るそうだよ」

「本当ですか？」

彼女の部屋には、秘書を務める親友のルイーズと共に、みすぼらしい身なりの子どもがいた。

この子は誰だろう。人混みに流されて邸宅に迷い込んできたのだろうか。

「歌で子どもたちの力になれるなんて、これ以上、素晴らしいことはありません」

「それで、その子は？」

「公演会場の外で歌っていたんです。漏れ聞こえた歌を真似していたみたいで」

「コンサートの後だ。君もルイーズも疲れているだろう。僕が家に連れて行こう」

「いえ。どうやら孤児のようで」

少女は骨と皮がくっついてしまいそうなほど、痩せ細っていた。

「じゃあ、子どもたちを救う会にかけあって、引き取ってもらおうか」

「私たちもそのつもりだったんですが、この子、本当に綺麗な歌声を持っているんです。ねえ、あなた。歌は好き？」

「好き！」

「じゃあ、私と一緒に歌ってみる？」

「歌いたい！」

不思議だ。ボロボロの服、煤《すす》で汚れた顔、痩せこけた力のない身体、今にも倒れてしまいそうなのに、その目は不思議と強い光を放っている。

僕はこの目をよく知っている。

どんな苦境の中でも、僕やジェニーが決して失わなかった光だ。

「そう。じゃあ、あなたの名前を教えて」

「ソフィア」

「ファミリーネームは？」

「ないよ。そんなの知らない」

あの夜、ジェニーは、少女を幼い日の自分と重ねていたのだろう。

コペンハーゲンを去る際、ジェニーはソフィアを侍女として連れて行った。

そして、後にリンドの姓を与え、自分の家族とした。ルイーズのサポートを受けながら、オペラ歌手として育てるつもりなのだ。

僕が四十歳、ジェニーは二十五歳、ソフィアが六歳の秋の出来事だった。

4

富める者にも、貧しい者にも、季節は平等に巡る。

僕はヨーロッパ各国を旅しながら、執筆活動を続けていた。

相変わらずの根無し草だが、童話や紀行文を発表しているうちに、スウェーデンの国王から北極星勲章を、ヴァイマル大公から白鷹勲章を、母国デンマークの国王からは教授の称号を与えられた。

一方、ジェニーは長期間に及ぶアメリカでの演奏旅行に旅立っていた。ツアーを成功させ、祖国の慈善事業に寄付をしたかったからだ。

ニューヨーク、ボストン、フィラデルフィア、ニューオーリンズ、各都市を回り、百回近いコンサートをこなし、すべての会場でチケットは完売した。法外なプレミア価格がつくことも珍しくなかったらしい。

ジェニー・リンドは国を超え、名実共に十九世紀最高の歌手となったのだ。

彼女はやがて、指揮者の男と結婚した。

それは、ジェニーを忘れられなかった僕にとって痛ましいニュースだったけれど、崇高な魂を持つ彼女が幸せになったことは、素直に嬉しかった。彼女のような人が幸せになれない、そんな世界、絶対にあってはならないからだ。

夫婦という形で僕らの道が交わることはなかった。

ただ、人を幸せにしたいという目標は同じである。プリマドンナは歌で、作家は物語で、それを実現出来る。

だから、僕は書き続けた。

子どもたちの心に光を灯す物語を、誠心誠意、書き続けた。

四十八歳の冬、ヨーロッパに帰って来たジェニーと、ベルリンで再会を果たした。

その頃、ジェニーはある悩みを抱えていた。

作家や作曲家と違い、歌手や演奏家は後世に残せるものがない。彼女が死ねば、その類い稀《まれ》な歌声も、世界から消えてしまう。

人の役に立つものを残したい。そう考えたジェニーは、貧しい音楽家のために『リンド奨学基金』制度を立ち上げた。それから、小児病棟も建設していた。

「お兄様に会わせたい子がいるのです」

ある日、前触れなく紹介されたのは、八年前の夜、コペンハーゲンで彼女が引き取った少女、ソフィア・リンドだった。

「大きくなったね」

「はい。十四歳になりました」

「もう舞台にも立っているんですよ」

「それは凄い」

成長した少女は、別人のように見違えていた。可愛らしい衣装を着て胸を張るその姿は、かつてのジェニーを見ているようである。

「この子、お兄様の童話が大好きなんです。何処へ出掛けるにも、必ず本を持って行きます。今日も一緒にお話がしたいと言って聞かなくて」

ジェニーに背中を押されたソフィアは、照れたような笑みを浮かべて、すぐに主人の背中に隠れてしまった。

「もう恥ずかしがって。お兄様は忙しいんだから、こんな機会、なかなかないのよ。物語の話をしたかったのでしょう?」

少女は唇を噛みながら頷く。

「僕の本を楽しんでくれて、ありがとう。嬉しいよ」

「この本が一番好きです」

そう言ってソフィアが差し出したのは、『人魚姫』だった。

三十二歳の時にこの本を書いたことで、僕は作家として決定的な名声を得ることになった。

そう言えば、『人魚姫』を書く動機になったのも失恋だった。

第二の父と言って良い後援者、コリンさんの娘に恋をして。でも、彼女は別の男と結婚してしまって。僕は失ってしまった恋心を弔うように、悲しい物語を描いた。

自分でも笑えるくらいに失恋してばかりの人生だけれど、それが僕という男の宿命なのだろう。人一倍の痛みを経験してきたが、心が叫ぶ度に、誰かを笑顔にしたいと強く願うことが出来た。その想いが、祈りが、僕を作家として大成させたのだ。

「『人魚姫』を書いたきっかけは、ジェニーにも話したことがなかったね。良い機会だから聞いてもらおうかな」

「本当ですか。そんなこと、良いのかしら」

「今となっては笑い話だけどね。聞いて欲しいんだ」

「嬉しいです。だって、ソフィアは『人魚姫』が本当に大好きだから。ね？」

主人の言葉を受け、少女は嬉しそうに頷いた。

少女の屈託のない笑顔を見ているだけで、こちらの胸まで温かくなる。

物語で子どもたちを笑顔にする。作家にとって、それに勝る幸せはない。

「若い頃、僕は一人の女性に恋をしたんだ。だけど、その女性は僕の恩人の娘で……」


本当に楽しい数日間だった。

二人の理解者と、心ゆくまで物語の話に興じる夢のような日々だった。

ベルリンでの最後の夜。

別れ際、ソフィアに言葉では上手く伝えられないからと手紙を渡された。

拙い文字で綴られていたのは、【僕の物語】と【僕自身】に対する愛の言葉だった。

飾り気のない言葉で、憧憬が綴られていた。

「あなたのことが好きです」

手紙を読み終わり、顔を上げると、涙を浮かべて少女がそう告げた。

彼女の涙を見て、ようやくそれが冗談でも、気遣いでも、お世辞でもなく、本心からの言葉なのだと気付いた。

しかし、僕はもう若者ではない。

少女の想いが一時のものであることも知っている。

彼女が語る愛の言葉が、真実、憧れではなく恋だとしても。それが永遠に続くものではないと理解していた。

彼女は物語が大好きだ。だから、それを綴った僕に、幻想の愛を抱いたのだ。


季節が変わる度に、ソフィアからの愛に満ちた手紙が届いた。

しかし、僕にとって、それは、ただ、それだけの話だった。

数多く届くファンレターの一つ。そう感じていた。

「あの子は本当に、お兄様のことを愛しているのだと思いますよ」

ソフィアがオペラ歌手として独り立ちした後、異国の劇場で再会したジェニーは、そんなことを言っていた。

だが、その時も、真っ直ぐな答えを持つことが出来なかった。

恋をするには、誰かを愛するには、どう考えても僕は歳《とし》を取り過ぎていた。

愛はきっと、時間と無関係ではいられない。

想いが通じ合うというのは、この不条理な世界で有数の奇跡なのだ。

5

時の流れは穏やかだが、誰にも止めることが出来ない。

僕もまた、必然のように老いていった。

髪は真っ白だし、悲しくなるほどの皺が、身体中に刻まれている。

四十年ほどの作家人生で、数多くの物語を発表してきた。様々な国の人々が僕の本を読んでくれたし、これ以上ないほどの称賛も受けてきた。それなのに、こんなにも不安なのは、毎日、心のざわつきが鎮められないのは、何故だろう。

先日、眠っている間に死亡したと勘違いされ、生き埋めにされてしまった男の話を聞いた。詳細は分からないが、原因は男が独身だったからに違いない。

同じことが僕の身に降りかかっても不思議ではない。世界中に愛読者がいるけれど、皆が愛しているのは、あくまでも物語であり、僕は今日も、明日も、孤独なままだ。

怖くなり、毎晩、枕元に『まだ死んでいません。』と書き置きを残すようになった。

これで生きているのに埋葬される心配はないはずだ。でも、そう、でも……。

命の終わりが近付いていることは、誰に教えてもらわなくとも分かっている。

僕はもう七十歳だ。次の眠りが最後になっても不思議ではない。

命は物語じゃないから、人は誰も死に抗えない。

明日は大丈夫でも、そんな朝は、そう遠くない未来に必ずやってくる。

物語を書くことで、沢山の人々を笑顔にしてきた。それは、本当に誇るべきことだけれど、僕自身の人生は、結局、最後まで孤独なままだった。

死を予感し始めた今だからこそ、痛切に思う。

誰かを、思いっきり愛したかった。誰かに、これ以上ないくらい愛されたかった。

しかし、いつだって僕の恋は叶わなかった。栄誉も、お金も、溢れんばかりに手にしたが、何よりも欲した愛だけは、最後まで手に入らなかった。

僕は、僕の人生は、孤独なままだった。

涙が溢れ出し、大切な人から届いた手紙を思い出す。

ソフィア・リンド。あの頃、世界には確かに、僕を愛してくれた少女がいた。

引き出しの奥にしまっていた、少女からの手紙を取り出す。

『私はあなたが描く物語が大好きです。悲しい物語を読んで泣いた後も、楽しい物語を読んで笑った後も、いつも、本を閉じるのが惜しくなります。もっと、もっと、この世界を冒険したい。あなたの物語を永遠に読んでいたい。そう思います。』

彼女は僕の物語に対し、溢れんばかりの愛情を抱いていた。

そして、手紙の末尾には、いつも僕自身への想いが綴られていた。

『いつかアンデルセン様とまた会いたいです。もう一度会えたら、物語のことも、あなた自身のことも、教えて欲しいです。私は、こんなにも素敵な物語を生み出せる、あなたのことを愛しています。』

ソフィアと再会した時、僕は既に十分過ぎるほど大人になっていた。

だから、彼女を傷つけないように、逃げるように、論点を変えて返事を書いた。

『時々、物語の中で不幸にしてしまった子どもたちのことを思い出すんだ。僕はとても厳しい幼少期を過ごした。死ぬ以外の方法では幸せになれないと考えていた時期もある。貧しい子どもたちが沢山いるのに、社会は他人の不幸に無関心だ。それが悔しくて、悲しい物語も書いたんだろう。だけど今になり思うんだ。僕が幸せに出来なかったあの子たちにも、本当は素晴らしい未来があったんじゃないかって。僕は物語の中でさえ、皆を幸せには出来なかった。だから、今更、人を愛する資格なんてないのさ。』

ソフィアはまだ子どもだ。言葉のすべてを理解することは出来ないだろう。

そう思ったのに、彼女は再び真っ直ぐな想いを手紙に綴ってきた。

『アンデルセン様は間違っていると思います。あなたの作品には、確かに悲しい物語が沢山あります。でも、それがどんな物語であったとしても、生み出された皆は、幸せに感じているはずです。だって、あなたがいたから皆は生まれたんですよ。あなたに愛されたというだけで、絶対に幸せだったはずです。人を愛する資格がないなんて、悲しいことを言わないで下さい。そんなこと絶対にありません。お願いだから、愛することを諦めないで。物語の中で生きた皆のように、私もあなたに愛されたかったです。』

死の足音が聞こえてきた後で、今更、後悔するなんて馬鹿みたいだ。

でも、もうすぐ死ぬのなら、一度くらい夢想しても良いだろうか。

ソフィアと再会したあの頃、あと一押しの勇気があったなら、僕は彼女を愛せたんだろうか。

答えは分からない。若者の愛は、一過性のものだ。

僕は痛みを伴う失恋を繰り返したし、その度に、もう誰も愛せないと思った。

だけど、性懲りもなく何度も、何度も、誰かを愛してしまった。

彼女は本当に僕を愛していたかもしれない。だけど、その想いに応えなかったことは、間違いではなかったはずだ。ジェニー・リンドが認める歌声を持つ少女の未来を、同じ芸術家である僕が閉ざすわけにはいかなかった。

あの日の選択は間違いじゃない。

後悔はない。

だから、今際《いまわ》の際に思うことがあるとすれば、一つだけだ。

彼女に愛を告げられた時、僕も十四歳の少年だったら良かったのに。

永遠に少年のままでいられたなら、きっと、孤独なまま死ぬことはなかった。

混濁する意識の中で、最後に描いたのは十四歳の僕たちだった。
そうやって僕は、ハンス・クリスチャン・アンデルセンは、その生涯を閉じた。

断章

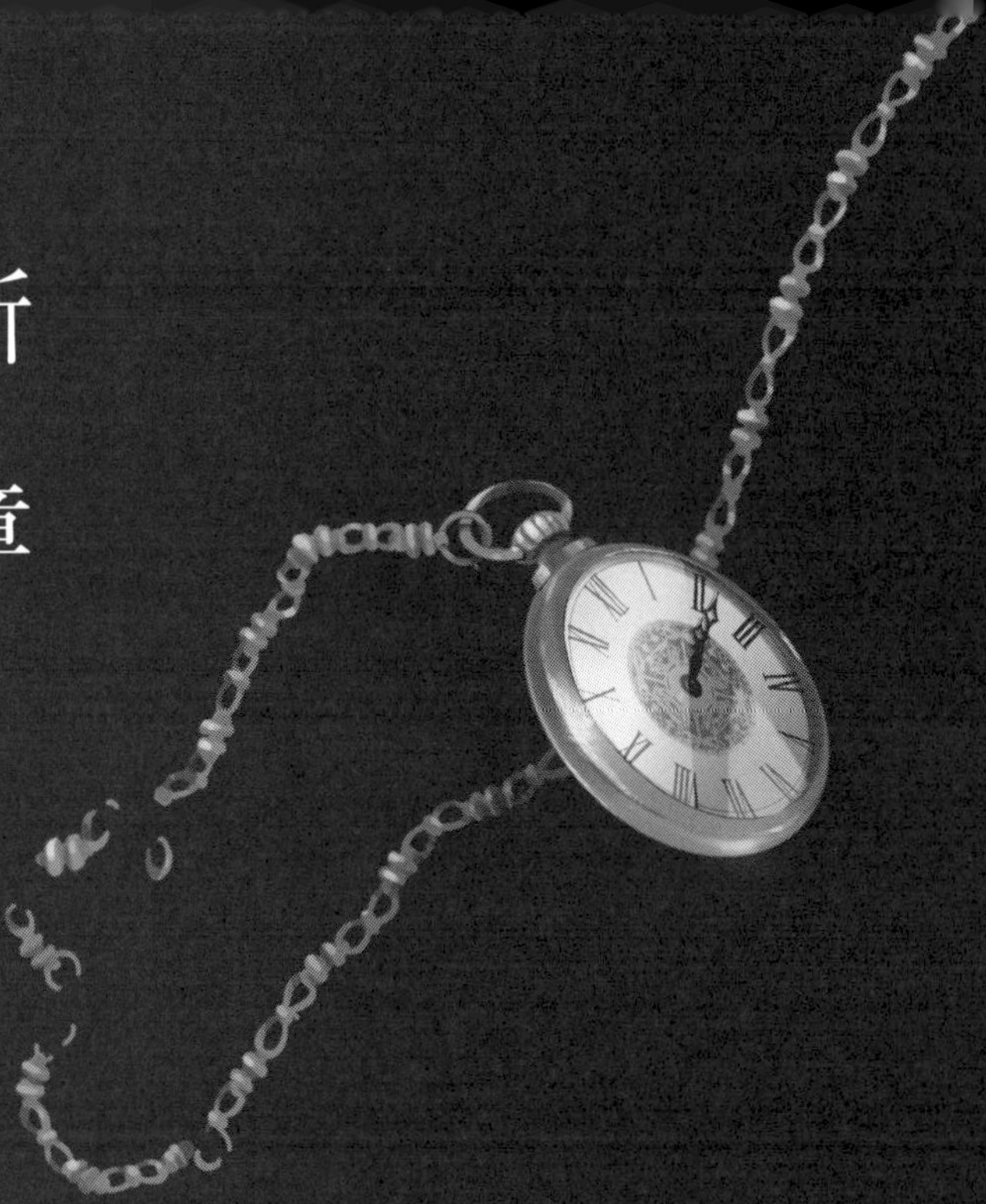

親指姫が物語管理官に任命されてから三年が経った、その日。

『長靴をはいた猫』に呼び出され、黒の巨城に出向くと、執務室に通された。

猫の趣味で、執務室には無数の植物が置かれている。室内にはいつものように柑橘類の匂いが充満していた。

物語管理局の最古参である猫は、親指姫にとって上司に当たる。

「やあ、姫。今日から君には後輩を指導してもらうよ」

目が合うと、挨拶より早く、猫がそう告げた。

「後輩の指導ですか?」

「君は僕に似て、とりわけ賢いが、何しろ非力だからねぇ。強力な部下をつけたいと、常々、思っていたのさ。さあ、出ておいで」

上司が長靴をはいた後ろ足で立ち上がり、指を鳴らすと、雪の破片が舞った。

次の瞬間、音もなく不気味なほど真っ白な顔をした女が現れる。彼女が身につけたドレスは冷気を放っており、ガラスのように透き通っていた。

「紹介しよう。昨日、物語管理局に召喚された『雪の女王』だ。特異な力を持つ管理官は少なくないが、彼女はこの城でも指折りの能力者と言えるだろう。姫の頭脳と彼女の力があれば、任務はより容易《たやす》くなるはずだ。では、仲良くするように」

猫は気が短い生き物だ。口早に用件だけを告げ、早々に執務室から去って行った。

「はじめまして。私は親指姫と言います。よろしくお願いします」

一礼すると、雪の女王は奇妙な笑みを浮かべ、親指姫の小さな身体をなめ回すように見つめた。その視線に恐怖を覚えたが、好き嫌いは言っていられない。何しろ、これからは同僚になるのだ。

「あなたの物語を読ませて頂く前に、自己紹介しますね。私が生きていた世界は……」

「時間の無駄だから講釈は結構だ。小さなお姫様の噂は、かねがね聞いている」

昨日、物語管理局にやって来たのに、何処で噂を聞いたのだろう。それとも、特異な力とやらで知ったのだろうか。

「物語管理局では私が先輩になります。困ったことがあれば何でも聞いて下さい」

「この私が困るようなことがあるかは、甚だ疑問だがね。時には年功序列というのも面白いだろう。心の赴くまま先導するが良いさ」

女王は不遜な笑みを浮かべると、わざとらしく礼をして見せた。

人を食ったような態度は気にくわなかったし、直感的に嫌な女だと思った。

しかし、感情に任せて抱いた勘というものは、得てして当てにならない。

親指姫と雪の女王は、すぐに完璧なパートナーとなった。

知恵をしぼるのが好きな姫と、力を持て余している女王の組み合わせは、実にバランスが良かったのである。

時間がかかるアイデアを練る仕事は姫が、実務は最強と称される力を持つ女王が担当し、二人は次々と任務を成功させていく。

女王が異例の速さで見習いを卒業し、正式にパートナーとなった二人は、物語管理局のエースとして、特に難題とされる物語を数多く担当するようになった。

そして、共に働き始めて一年が経った頃、先輩管理官が三度も失敗したという、曰く付きの【物語の鍵】が、二人に託された。

『白雪姫』の世界で、主人公の命を狙う王妃を救うという任務だった。

世界で一番美しい人間でなければ気が済まない王妃は、【真実の鏡】が「白雪姫こそ一番美しい」と答えたことをきっかけに、あの手この手で、その命をつけ狙うようになる。しかし、最終的にはすべての計画が失敗に終わり、白雪姫が王子と結ばれた後、無惨にも処刑されてしまうのである。

先輩管理官たちが三度も任務に失敗したのは、救出対象である王妃自身が、不可思議な能力を持っているからだった。そもそも彼女が救いの手を求めていないため、物語管理官もまた敵と見なされてしまい、いずれの挑戦も失敗に終わっていた。

しかし、四度目の挑戦となる今回は、決定的な違いがあった。雪の女王は、王妃を遥かに上回る能力を持っている。親指姫が立てた完璧な計画の下、二人は王妃を最後まで悪役にはせずに、『白雪姫』の物語を終えることに成功した。

ついに達成された救出に、物語管理局は大いに沸いたが、この話にはもう少しだけ続きがあった。

『白雪姫』の世界には、この世のあらゆる真理を映し出す鏡がある。それは、雪の女王の力をもってしても再現が難しいものだった。

城に帰ろうとする姫を呼び止めた女王は、持ち出していた真実の鏡を掲げる。

「姫よ。長靴をはいた猫が、私と君をパートナーとした理由が分かるかい？」

「お互いに欠けている能力を、上手く補い合えるからでしょう？　実際、私たちほどバランスの取れたコンビはありません。あなたは面倒なことを考えるのが嫌いだし、私は知恵をしぼるのが好きだけど、あまりにも非力です」

「そうだね。私たちは実にバランスが良い。だが、それだけを理由と考えるのは、短絡的に過ぎる。姫の力を補える者はほかにもいるし、私の助けがあれば、大抵の管理官は上手くやれるさね」

「では、どうして私たちが組まされたと？」

「決まっているだろう。生みの親が同じだからさ」

二人の親の名前は、ハンス・クリスチャン・アンデルセン。『親指姫』も『雪の女王』も、同じ作家によって生み出された童話である。

「姫よ。君は知りたいと思わないか？　私たちの父が、どんな男だったのか」

女王が手にした真実の鏡が、妖しく光る。

「私は好奇心に勝てないタイプだし、姫もそうだろう？　その小さな身体で世界を冒険しようなんて、まともな人間は考えない」

女王の言葉を受け、姫は自嘲するように笑った。

「否定はしません。今のあなたほど私を理解している人はいないでしょうしね」

二人は容姿も、性格も、好みも、何もかも違う。しかし、抜群に相性が良かった。それはきっと、同じ父を持つ姉妹だからだ。


姫と女王は、父、アンデルセンの生涯を、真実の鏡を通して知ることになった。

貧しさに負けそうになった少年時代。

あまりにも長い失意に暮れた青年時代。

そして、最期の瞬間まで孤独だった寂しい晩年。

父の人生を知り、最初に涙を流したのは、意外にも女王の方だった。

「心まで凍りついているわけではなかったのですね」

「誰よりも愛を求めていた父に生んでもらったんだ。哀しみの色くらい知っているさ」

女王の言葉を受け、姫の両目からも涙が零れた。

「私、こんなの耐えられません。お父様は生涯、人を幸せにしたいと願い続けました。

誰よりも人を愛し、愛されたいと願っていました。世界中の人々を笑顔にしてきたんですよ。もっと報われるべきでしょう？　お父様は誰よりも幸せになるべきです」

「奇遇だな。私も同じ気持ちさね」

「女王、何とかなりませんか？」

「もちろん、私の力があれば、父にも干渉は可能だ。ただ、何をどうすべきか考えるのは、姫の仕事だろう？　君は非力だが、私よりも賢いじゃないか」

「カーレン。マッチ売りの少女。みにくいアヒルの子。裸の王様。人魚姫。物語管理局には沢山のきょうだいたちが暮らしています。お父様の真実を知ったら、全員が同じことを願うはずです。城に戻り、皆と相談しましょう」


アンデルセンが生み出した子どもたちの中で、現在、物語管理官を務めているのは、姫と女王の二人だけである。

かつては『赤い靴』のカーレンも任命されていたが、彼女は自分の物語に飛び込むという禁忌を犯したため、管理官の役職を外され、親指姫の侍女を務めていた。

真実の鏡を通して知った父の人生を伝えると、きょうだいたちは皆、涙を流した。

それから、仲間たちは同じ強さで、一様に願った。

自分たちは美しい物語と共に、この世に生をうけた。

感謝している。大恩がある。

父を、誰よりも愛を求めた作家を、孤独から救い、幸せにしたい。

「許可をもらい、離宮を造りましょう。そこにお父様を召喚し、胸いっぱいの幸せを感じて欲しい。女王、離宮の創造をお願い出来ますか?」

「容易いことさね。ただ、問題は離宮をどんな場所にするかだな」

雪の女王は、父からおよそ無限大の力を与えられている。人間を時空の狭間に召喚することも、女王であれば可能だ。しかし、呼び出しただけでは意味がない。達成すべきは、誰よりも人を愛し、愛されたいと願った父を、望み通り祝福することである。

「お父様の性格を踏まえて考えるなら、やはり物語管理局が良いのではないでしょうか。本家を模倣することで、説得力のある城を創造出来ます。お父様は『物語の中で不幸になった者を救う』という管理官の仕事を、きっと、気に入るはずです」

「現実的で良い案だ。採用しよう。父に仕事を与えた後は、どうする?」

「幾つか秘密と嘘を用意しようと思っています。謎解きというのは、実に楽しいものですからね。お父様には物語管理官として活躍して頂きながら、世界の真実にも立ち向かってもらおうと思います」

「相変わらず、小癪《こしやく》なことを考えるねぇ。秘密や嘘というのは例えば何だい?」

「物語管理局は『物語を終えた者が辿り着く城』です。しかし、私たちが造る離宮は、『幸せになれなかった者だけが辿り着く城』と設定します。不幸の定義は難しい。お父様でもすぐには矛盾に気付かないでしょう。しかし、いつかはおかしいと勘付くはずです。冒険と謎解きを通して、ご自身の正体を追って頂きます」

「つまり、父がハンス・クリスチャン・アンデルセンであることは伏せるのだな。しかし、名前は必要だ。それは、どうする？」

「それを決める前に、一つ、女王にお尋ねしたいことがあります。離宮に召喚出来る人間は、一人だけですか？」

「そうだねぇ。現世の理《ことわり》、因果とは複雑なものだ。二人の人間を時空の狭間に召喚するのは骨が折れるが、不可能ということはないだろう」

「さすがは女王です。では、もう一人、私たちが造る離宮に召喚して欲しい人がいます。お父様を最後まで愛してくれた女性です」

姫の言葉を受け、女王は何かを察したように不敵に笑った。

「なるほど。ソフィア・リンドだな？」

「正解です。お父様は死の間際、彼女との記憶に思いを馳せ、二人の間に存在した厳然たる年齢差を嘆いていました。ベルリンでお父様に愛を告げた当時、ソフィアさんはまだ十四歳でしたから」

「歳の差など愛とは関係なかろうに」

「自分よりも相手の人生を優先して考える。そういう優しい方なのですよ」

「見解の相違だねぇ。私の目には臆病者に映るが、まあ、それも父の美徳だろう」

姫と女王の意見が一致しないのは、いつものことだ。

そして、二人が異なる考えを持っているからこそ、いつもバランスの取れた決定を下すことが出来る。それをきょうだいたちはよく知っていた。

「お父様を慕っていたソフィアさんは、生涯、独身を貫いています。十四歳の二人を、私たちが作る物語管理局に召喚しましょう」

親指姫はこの場に集まっていた人魚姫と王子に目をやる。

「王子の素性をお借りしても良いですか？　ソフィアさんはお父様の作品の中でも、とりわけ『人魚姫』がお気に入りでした。なればこそ、お父様には『人魚姫』の王子となって頂きたいのです。ただ、その場合、離宮でお二人と会ってしまうと、嘘が早々にバレてしまいます」

「では、私と王子は、こちらの城でお留守番ですね」

人魚姫と王子は互いの顔を見つめ合い、残念そうに笑った。

「私もお父様に会いたかったです」

「ほんの少しの辛抱です。お父様が自らの正体を解き明かした暁には、一緒にご挨拶しましょう。きっと、真実を喜んでくれるはずです。驚くことも大好きな方ですから」

きょうだいたちの現在地は、それぞれに違う。人魚姫と王子は既に物語管理官によって救われているが、『マッチ売りの少女』にはまだ【物語の鍵】が現れていない。『裸の王様』は別の管理官が任務に一度、失敗している。

離宮を第二の物語管理局にするなら、このまま仕事を引き継げるはずだ。

「女王。物語の鍵を再現することは出来ますか？　自分が『人魚姫』の王子と知れば、父はその物語を冒険したいと願うかもしれません」

「愉快なことになりそうだな。面白い。複製しておこう」

父に嘘の正体を伝えるのであれば、ソフィアにも同様に解き明かすべき謎を与えた方が自然だ。二人に経験してもらう冒険を熟考し、彼女には『赤い靴』のカーレンと告げることにした。

「女王。僕、みにくいアヒルの子の姿に戻りたいです。その方が面白そうだから」

「その希望はよく分からないが、意味を感じない行為は尊い。叶えてやろう」

女王が指を振ると、白鳥は美しい成鳥から、子ども時代の灰色の姿に戻った。

矛盾を解くためのヒントは、城の中に沢山用意されている。時間はかかるかもしれないが、二人はいつか必ず、世界の謎を追いかけ始めるはずだ。

何故なら、父は冒険が大好きだから。

皆を笑顔にするために、人生をかけて、物語という美しい世界を冒険した人だから。

この世界で最も美しいもの。それは、物語だ。

だからこそ、最高のプレゼントを与えてくれた父を、今度は自分たちが、誰よりも幸せにしてみせる。

エピローグ

これも雪の女王の力なのだろうか。物語管理局で起きたすべての出来事が、走馬灯のように脳裏に浮かんできた。

皆が、子どもたちが、僕のために奮闘していたことを、ようやく理解した。

姫と女王が第二の物語管理局を作ったのは、父である僕と、ソフィアを祝福するためだったのだ。

作家冥利に尽きるなんて言葉があるけれど、これ以上の幸せはない。

気付けば、隣でソフィアが涙を流していた。

僕の中に蘇った記憶を、彼女も同時に受け取ったのだ。

ソフィアは袖で涙を拭うと、濡れた瞳で僕を見つめてきた。

「王子はこんなにも愛されていたんですね」

「ありがとう。でも、残念ながら王子ではなかったみたいだ」

僕の正体は、貴族や王族とは程遠い平民だった。だが、もう二度と、そんな自分を恥ずかしく思うことはない。

こんなにも皆が愛してくれたのだ。むしろ、僕は、僕であることを、誇りに思う。

「私は物語のことも、王子のことも、もっと知りたいです。だって、あなたの人生は、まるで美しい童話のようだから」

ソフィアの言葉が、胸の一番柔らかい場所に、染み込むように落ちていく。

その通りかもしれない。

僕の人生は、一編の素晴らしい物語だ。

だからこそ、こうして人生を閉じた後も、子どもたちが祝福を与えてくれた。

あの頃は届かなかった、手を取り合うわけにはいかなかった、僕を愛した少女と、同じ少年の姿で。

「アンデルセン様」

愛する人が、自分の名前を呼んでくれる。それは、何て素敵なことなのだろう。

「私は、こんなにも愛されているあなたの物語を、永遠に読みたいです」

左手で彼女の手を取ると、雪の女王が氷の杖を僕に向かって振った。

次の瞬間、あいていたはずの右手に、ペンが現れる。落ちそうになったペンを慌てて握り締めた。

「あなたは王子ではないかもしれないが、私たちにとっては父であり、王なのですよ」

見慣れない微笑を浮かべて、雪の女王がそう告げた。

「お父様。嘘をついたことをお許し下さい」

カーレンの手の平の上で、親指姫が恭しく頭を下げる。

「姫。謝らないで下さい。すべては僕らのためだったと理解しましたから」

この離宮の庭で目覚め、物語管理官という役職を与えられた時、胸が高鳴った。物語の中で幸せになれなかった者を、別の結末を創ることで幸せにする。なんて素敵な仕事なのだろうと思った。あの日の驚きと感動は、今も心に強く残っている。

僕は皆を、誰かを、大切な人を、思いきり笑顔にしたかった。

いつだって、それが人生の目標だった。

「姫。女王。僕とソフィアは、この世界で生きていけるんですか？」

「もちろんです」

親指姫の顔に、満面の笑みが浮かぶ。

「この離宮は引き払うことになりますが、本当の物語管理局に帰れば、もっと大勢の仲間たちと出会えます」

「それは楽しみです」

「もしもお父様が物語管理官を続けたいなら、そのように私たちで動きます。何なりとお申し付け下さい」

物語管理官という立場に、長く、やり甲斐を感じてきた。このまま管理官を続けるのも良いだろう。そんな第二の人生も楽しそうだ。

でも、僕の右手には、女王が生み出したペンが握られている。どれだけ頭をひねってみても、自分が作家であることを思い出した今は、一つのことしか考えられなかった。

「せっかくもう一度、時間をもらえたんだ。僕は新しい童話を書きたい」

それを告げると、部屋中の皆が歓喜に沸いた。

「皆と出会えた奇跡に感謝しながら、まだ、この世界に生まれていない子どもたちを描こうと思います」

それを告げると、

「私、早く読みたいです！」

僕の左手を握り締めたまま、ソフィアが嬉しそうに飛び跳ねた。

子どもの頃には想像も出来なかった、沢山の愛に囲まれて。

この世界で命を与えられた意味を知る。

僕が生きるのは、きっと、もう一度、何度でも、幸せな物語を描くためなのだ。

Fin

それを世界と言うんだね

作詞・作曲　カンザキイオリ　　歌　花譜

もしも僕が主人公なら
僕は人の心が見えて
君の狭く脆い世界を救う
僕を救ったように

もしも私が主人公なら
夢を描いた自分を追って
タイムスリップそして言うんだ
後悔するよ
勇気を出して

怪盗になってみたい
猫になってみたい
ハッカーになってみたい
魔族になってみたい

時間をとめて
神様になって
流れ星になって
世界を歩きたい

君は述べる
未来を語る
願いを描く
世界を作る
ようやく気づいたんだ
それを世界と言うんだね

la la la la

もしも私が主人公なら
笑顔にできる小説を書く
特別であり不思議でもある
そんな本をたくさん書きたい

もしも僕が主人公なら
ハッピーエンドにする力で
悪役だと罵られても
好きなあの子だけを守りたい

紙飛行機で君と語り合う
駆け引きの日々君に恋をする
流れ星になって空を落ちて
君と出会う

君は述べる
過去を語る
誰かを描く
誰かを願う
ようやく気づいたんだ
それが世界になるんだね

君と出会う
君は述べる
君のノベル
世界は動く
君と繋がる
勇気が混ざる
そして世界になるんだね

奇跡を願う
僕ら繋がる

la la la la

奇跡を願う
君を救いたい

それを世界と言うんだね

もしも僕が主人公なら
ヒーローなんてなれなくていい
感謝だってされなくていい
君が笑顔になれたらいい

◆参考文献

西本鶏介文『アンデルセン童話』ポプラ社（二〇一五年）
大畑末吉訳『アンデルセン童話集 1』岩波書店（一九八六年）
大畑末吉訳『アンデルセン童話集 2』岩波書店（一九八六年）
大畑末吉訳『アンデルセン童話集 3』岩波書店（一九八六年）
大塚勇三編・訳『親指姫 アンデルセンの童話 1』福音館書店（二〇〇三年）
大塚勇三編・訳『人魚姫 アンデルセンの童話 2』福音館書店（二〇〇三年）
山室静訳『雪の女王 アンデルセン童話集』角川書店（一九七六年）
矢崎源九郎訳『マッチ売りの少女』新潮社（一九六七年）
ファン・マヌエル『ルカノール伯爵 スペイン中世・黄金世紀文学選集 3』国書刊行会（一九九四年）
大畑末吉訳『アンデルセン自伝 ―わが生涯の物語―』岩波書店（一九三七年）
高橋健二訳『アンデルセン自伝 ぼくのものがたり』講談社（二〇〇五年）
森重ツル子『哀愁のプリマドンナ ジェニー・リンド物語』教文館（二〇〇九年）
中野京子『芸術家たちの秘めた恋 ―メンデルスゾーン、アンデルセンとその時代』集英社（二〇一一年）

本書はフィクションです。

著　綾崎 隼（あやさき・しゅん）

1981年新潟県生まれ。2009年、第16回電撃小説大賞〈選考委員奨励賞〉を受賞し、『蒼空時雨』（メディアワークス文庫）でデビュー。受賞作を含む「花鳥風月」シリーズ、「君と時計」シリーズ（講談社）、『盤上に君はもういない』（KADOKAWA）など著作多数。本作は著者にとって40冊目の刊行となる。

歌　花譜（かふ）

類い稀なる歌声を持つ、神椿始まりのバーチャルシンガー。2018年、当時14歳にしてデビューし、素顔を明かさずに3Dモデリングされたアバターを使って活動を開始した。唯一無二の歌声と、メインコンポーザーであるカンザキイオリの多彩な楽曲が多くの世代の心に訴えかけ、現在YouTube総再生回数は2億回を超え、国内外に熱狂的なファンコミュニティを持つ。2022年には、バーチャルシンガー初となる日本武道館でのワンマンライブ「不可解参（狂）」を成功させた。次世代のアーティスト活動のスタンダードとしてバーチャルとリアルの垣根を越えるべく奮闘中。

曲　カンザキイオリ

2014年、ボカロPとしてアーティスト活動を開始。数々の人気曲を発表し、「命に嫌われている。」で初の殿堂入りを果たす。2019年には1stアルバム「白紙」を発表。大人気バーチャルシンガー花譜の全楽曲の提供や映画、ゲームの主題歌など活躍の場を広げる。2020年、大ヒット曲「あの夏が飽和する。」を元にした同名小説で作家デビュー。2021年夏からセルフボーカル活動も本格始動。ボカロP、シンガーソングライター、小説家として唯一無二の存在感を放つ。

イラスト　錦織敦史（にしごり・あつし）

アニメーター、演出家。1978年生まれ、鳥取県米子市出身。ガイナックスへ入社し、アニメーターとして数多くの作品に参加。『天元突破グレンラガン』『Panty & Stocking with Garterbelt』でキャラクターデザインを務めたのち、2011年『アイドルマスター』2018年『ダーリン・イン・ザ・フランキス』では監督を務めた。他にも『SPY×FAMILY』のED演出や『シン・エヴァンゲリオン劇場版』に総作画監督・キャラクターデザイナーとして参加。

イラスト …………………… 錦織敦史
ブックデザイン ……… bookwall

それを世界と言うんだね

空を落ちて、君と出会う

2023年3月13日　第一刷発行

著者　綾崎 隼
歌　花譜
曲　カンザキイオリ
発行者　千葉 均
編集　末吉亜里沙
発行所　株式会社ポプラ社
〒102-8519　東京都千代田区麹町4-2-6
ホームページ www.webasta.jp
組版・校閲　株式会社鷗来堂
印刷・製本　中央精版印刷株式会社

N.D.C.913/238p/20cm
ISBN978-4-591-17737-2

P8008420

死にたがりの君に贈る物語

綾崎隼

熱狂的なファンを持つ、謎に包まれた小説家・ミマサカリオリの訃報が人気シリーズの完結目前に告げられた。作品は批判に晒され、さらに作家に心酔していた高校生・純恋が後追い自殺を図る。やがて山中の廃校に純恋を含むミマサカファン、七人の男女が集まって――。ベストオブけんご大賞受賞。

単行本